Das einzig coole Pferd, die Killerenten und ich

© privat

Dagmar Hoßfeld wollte als Kind Tierärztin, Bäuerin oder Gestütsbesitzerin werden. Dass sie sich anders entschieden hat, hat sie ihrem Sohn zu verdanken: Als er ungefähr ein halbes Jahr alt war, bekam sie Lust, ein Kinderbuch zu schreiben. Sie setzte sich an den Schreibtisch – und hörte mit dem Schreiben einfach nicht mehr auf. Zum Glück! Mittlerweile sind viele wunderbare Kinder- und Jugendbücher von ihr erschienen. Geboren wurde Dagmar Hoßfeld 1960 in Kiel. Heute lebt sie in einem kleinen Dorf zwischen Ostsee und Schlei und hat, wie sie selbst sagt, den schönsten Beruf der Welt: Autorin.

Dagmar Hoßfeld

Das einzig coole Pferd, die Killerenten und ich

CARLSEN

www.buchschwestern.de
DEINE LESE-COMMUNITY IM INTERNET!

Danke an Vikingur
für den einzig coolen Pferdehintern!

MIX
Papier aus verantwortungsvollen Quellen
FSC® C083411
www.fsc.org

Sonderausgabe
Veröffentlicht im Carlsen Verlag
März 2018

Umschlag- und Innenillustrationen: Melanie Garanin
Gestaltung Kapitelanfänge: Sabine Reddig
Umschlaggestaltung: formlabor
Corporate Design Taschenbuch: bell étage
ISBN: 978-3-551-31718-6

Hallo, liebe Lotte-Leser!

Früher war ich total pferdeverrückt. Jede freie Minute steckte ich im Reitstall und hab sogar die Schule geschwänzt, weil ich lieber bei meinem Lieblingspferd sein wollte. Das hat Riesenärger gegeben. Also nicht nachmachen!

Ich hab ungefähr eine Million Pferdebücher gelesen und irgendwann selbst welche geschrieben. Dann fiel eines Tages Lotte vom Himmel. Ein Mädchen, das sich nicht die Bohne für Pferde interessiert und lieber Skateboard fährt. Dazu ein Pferd, das nicht gerade aussieht wie ein Traumpferd. Kann man daraus ein Pferdebuch machen? „Logo", hat Lotte gesagt, und Motte hat geprustet: „Schreib mal los!"

Also hab ich losgeschrieben und hatte eine Menge Spaß dabei. Ob es ein richtiges Pferdebuch geworden ist? Keine Ahnung. Vielleicht ist es eher ein Lottebuch. Oder ein Mottebuch. Vielleicht sogar ein Killerentenbuch.

Lotte meint, es wäre eine echte Wollsocke. „Man schlüpft rein und fühlt sich wohl. Das ist die Hauptsache."

Ich finde, da hat sie absolut Recht.

Liebe Grüße und viel Spaß mit Lotte, Motte und den Killerenten!

Eure Dagmar Hoßfeld

Mehr über mich und meine Bücher findet ihr auf meiner Homepage www.dagmarhossfeld.de

Kapitel 1,

in dem ich mich fast vollwertig ernähre, auf der Nase lande und irgendwo ein Pferd wiehert.

„Wäre alles im Leben so leicht wie Eierschnee, wäre alles in Butter“, sagt Oma Li und schiebt mir einen Teller mit Schokoladensuppe vor die Nase. Meine Oma kennt eine Menge solcher Sprüche. Sie nennt sie Altersweisheiten und denkt sich immer neue aus. Ich find's lustig.

Oma Li reicht mir einen Löffel und wünscht mir guten Appetit. Auf der Suppe schwimmen drei Schwäne aus Eierschnee. Mhmm, lecker. Ich liebe Eierschnee! Und Schokosuppe erst recht. Ich stupse die Schwäne mit dem Löffel an und finde sie eigentlich viel zu schade zum Essen.

Heute ist Dienstag, und dienstags ist Oma mit Kochen dran, wenn ich aus der Schule komme. Mama hat ihren langen Tag. Vormittags gibt sie Yogaunterricht für Hausfrauen an der Volkshochschule, und nachmittags arbeitet sie im Café Plüsch, das ihrer Freundin Petra gehört. Meistens kommt sie an solchen Tagen erst spätabends nach Hause, aber das macht nichts. Oma Li ist ja da. Und bei Oma Li gibt's immer das zu essen, was ich mir wünsche. Schokoladensuppe mit Schwänen zum Beispiel. Oder Arme Ritter. Oder aufgerollte Riesenpfannkuchen mit Fürst-Pückler-Eis.

Für Mama und Papa sind das keine vollwertigen Mahlzeiten. Für mich schon. Und für Oma Li zum Glück auch.

„Hast du Hausaufgaben auf?“, fragt sie.

Ich nicke. „Eine Libelle für unser Teichprojekt in Bio zeichnen, was lesen für Deutsch und noch ein paar Englischvokabeln lernen. Wir schreiben nächste Woche einen Test.“

„Projekte, Tests …“ Oma Li schüttelt den Kopf. „So was hat's zu meiner Zeit noch nicht gegeben.“

„Ist ja auch schon ein bisschen her.“ Ich puste in meine Suppe. Die Schwäne fangen an zu schaukeln und dümpeln langsam ans andere Ufer des Suppentellers wie über einen See.

Ich heiße übrigens Lotte, Lotte Blunck. Ich gehe in die Fünfte und finde Englischlernen ziemlich cool. Bald kommt noch Französisch dazu. Das ist echt genial. Ich will nämlich vielleicht mal Dolmetscherin werden, und dafür braucht man natürlich Fremdsprachen. Ich würde dann zwischen ausländischen Politikern sitzen und übersetzen, worüber die sich unterhalten. Wenn die sich nicht mögen, könnte ich beim Übersetzen auch mal ein bisschen schummeln, damit sie sich nicht streiten oder missverstehen. Aus Streit und Missverständnissen können nämlich ratzfatz ernsthafte Konflikte entstehen, behauptet mein Papa. Wenn man es nicht rechtzeitig verhindert. Und wer weiß, wie viele Dolmetscher schon einen ernsthaften Konflikt verhindert haben, nur weil sie beim Übersetzen mal ein bisschen gemogelt haben?

Aber möglicherweise werde ich sowieso lieber Flugzeugmechanikerin oder Konditorin für ungewöhnliche Torten. So ganz hab ich mich noch nicht entschieden.

Oma steht neben mir und wartet darauf, dass ich fertig werde. Sie wippt mit dem Fuß. Fehlt nur noch, dass sie mir den Teller wegreißt. Geduld ist nämlich nicht gerade ihr zweiter Vorname.

„Ich muss gleich noch mal in den Laden", sagt sie. „Kommst du allein zurecht?"

„Klaro."

Oma gehört eine Boutique für Damenmoden in der

Stadtpassage. Sie hat die Boutique „Madame Pompadour“ vor einem halben Jahr vermietet und wollte sich anschließend zur Ruhe setzen, aber irgendwie hängt ihr Herz immer noch an dem Laden. Ab und zu guckt sie nach, ob alles läuft, oder sie macht Urlaubsvertretung. Oma Li ist aber auch viel zu fit, um den ganzen Tag auf dem Sofa zu sitzen und Socken zu stricken, obwohl sie das manchmal sehr gerne macht.
Die Wohnung, in der wir wohnen, gehört auch ihr. Früher hat sie mit Opa Georg hier gewohnt, aber der ist schon lange tot. Papa wohnt nicht bei uns, weil er angeblich nicht mit Oma Li unter einem Dach leben kann. Sie ist ihm zu dominant, hat er mal behauptet. Obwohl sie seine eigene Mutter ist.
Ich hab extra gegoogelt, was dominant heißt: beherrschend, bestimmend. Jo, spitze! Das trifft so ziemlich auf alle Erwachsenen zu, die ich kenne. Ganz besonders auf Lehrer und Eltern.
Papa soll sich mal nicht so anstellen. Vielleicht hat er aber auch nur Angst, weil Mama, Oma und ich emanzipierte Frauen sind. Von wegen drei gegen einen oder so. Emanzipiert heißt nämlich selbstständig und frei. Das hab ich auch gegoogelt. Vielleicht sind wir meinem Papa einfach zu frei. Oder drei Frauen sind ihm zu viel, weil er

bei Abstimmungen überstimmt werden kann. Keine Ahnung. Jedenfalls hat er eine eigene Wohnung gleich hier um die Ecke. Aber da ist er nur ganz selten, weil er die meiste Zeit arbeitet. Er ist Makler und verkauft Baugrundstücke.

Ich versenke die Schwäne und fange endlich an zu löffeln. Zweieinhalb Teller später ist der Topf leer und mein Bauch voll. Mit letzter Kraft schlurfe ich in mein Zimmer, um die Libellenzeichnung für Bio in Angriff zu nehmen.

Meine Klasse hat auf einem stillgelegten Fabrikgelände einen Teich angelegt, um den wir uns zusammen kümmern. Das Projekt wird von der Stadt gefördert, und wir müssen regelmäßig Protokoll führen: welche Pflanzen sich angesiedelt haben, ob es dort Wildtiere gibt oder wie die Wasserqualität ist. Im Herbst wird im Rathaus eine Ausstellung gemacht, auf der verschiedene Schulprojekte vorgestellt werden. Die besten bekommen eine Auszeichnung und Geld für ihre Klassenkasse.

Wir wollen eine Schautafel von unserem Teich basteln, um auf der Ausstellung zu zeigen, was da so rumkrabbelt und schwimmt. Dafür soll ich eine Libelle zeichnen, obwohl meiner Meinung nach ein Foto viel aussagekräftiger wäre. Aber auf mich hört leider keiner, seufz.

Die Arbeit auf dem alten Fabrikgelände macht aber trotzdem Spaß. Früher gab es da eine riesige Reifenfabrik. Als die pleitegegangen ist, stand alles leer und gammelte jahrelang vor sich hin. Bis irgendein Kunstverein das Grundstück gekauft hat, mitsamt dem Rost und dem ganzen Unkraut, das sich überall häuslich niedergelassen hatte.

Einige der alten Hallen stehen inzwischen unter Denkmalschutz und sind von dem Kunstverein renoviert worden; andere sind nur noch Ruinen und wuchern langsam zu. Manchmal finden da Musikkonzerte oder

Ausstellungen statt. Das Gelände drum herum soll den Bürgern als Erholungsraum dienen – so stand es jedenfalls in der Zeitung. Noch ist der Erholungsfaktor nicht besonders hoch, aber wir arbeiten daran.

Während ich versuche, eine Libelle aus meinem Biobuch abzuzeichnen, höre ich Oma Li mit dem Geschirr klappern. Sie kümmert sich in der Küche um den Abwasch. Wenig später trällert sie ein fröhliches „Bis spähäter!“ durch den Flur und zieht die Wohnungstür hinter sich zu.

Ich bin allein. Sofort fängt mein Gehirn an, mich zu löchern, ob ich den sonnigen Nachmittag ernsthaft mit Hausaufgaben verplempern will. Es signalisiert mir un-

überhörbar, dass mir ein bisschen frische Luft bestimmt guttun würde. Ich kann es einfach nicht ignorieren.
„Na gut“, sage ich und zeichne den letzten Libellenflügel. (Libellen haben zwei Flügelpaare, falls es euch interessiert; das macht zusammen vier von den Dingern.) Dann schreibe ich in Schönschrift meinen Namen unter die Zeichnung und lege das Blatt in mein Heft, bevor ich es zuklappe.
Meine Libelle ist fertig, was außer mir aber wahrscheinlich niemand erkennen wird. Sie sieht nämlich nicht sehr libellenmäßig aus, kein bisschen. Dass das Libellen-Los aber auch ausgerechnet auf mich gefallen ist! Ein Marienkäfer hätte mir eindeutig mehr gelegen. Oder von mir aus auch ein Wasserfloh. Für den hätte ich nur einen winzigen Punkt zeichnen müssen und fertig. Aber egal. Hauptsache, ich muss nicht auch noch ein Referat über Libellen halten. Das würde mir gerade noch fehlen!
Ich schnappe mir mein Skateboard und bin schon fast draußen, als mir die Englischvokabeln einfallen. Gibt es eine Regel, die es einem verbietet, Vokabeln bei schönem Wetter draußen zu lernen? Nö, oder? Ich flitze zurück, stopfe das Vokabelheft hinten in meine Jeans, nehme mein Schlüsselband vom Haken und springe hinaus in die Freiheit.

Leider ist das Pflaster in unserer Straße uralt und holprig, und der Gehweg hat mehr Löcher als der Emmentaler Käse in unserem Kühlschrank. Die ersten Meter trage ich mein Skateboard vorsichtshalber unter dem Arm. Es ist sowieso schon zerschrammt genug. Vielleicht wünsche ich mir ein neues zum Geburtstag. Eigentlich hätte ich ja gern ein Einrad, aber das finden meine Eltern zu riskant. „Wir sind doch nicht beim Zirkus!", hat Papa gesagt, als ich ihm davon erzählt hab. Ach, Papa …

Dass meine Eltern immer so einen Stress machen und mir alles, was Spaß macht, verbieten wollen! Die reinsten Helikopter-Eltern, sag ich euch. Immerzu kreist einer von ihnen um mich rum und erklärt mir, was ich tun soll und was nicht.

Ich summe ein Lied, das vorhin im Radio kam, und versuche zwischendurch die Englischvokabeln aus dem Gedächtnis aufzusagen. Es klappt fast perfekt, aber dann steht plötzlich Max Müller an der nächsten Ecke, und immer, wenn ich den sehe, höre ich automatisch auf zu denken. Das heißt, ich denke schon noch, aber nur, wie bescheuert ich den Typen finde.

Er steht vor Pias Lottoladen an der U-Bahn-Station und drückt sich am Schaufenster die Nase platt. Dabei gibt's in Pias Schaufenster nur verstaubte Plastikblumen, potthässliche Aschenbecher, ein paar tote Fliegen und Feuerzeuge, die wie Leuchttürme aussehen. Aber vielleicht interessiert sich Max ja für tote Fliegen und kitschige Leuchtturmfeuerzeuge. Könnte schon sein, bei seinem niedrigen Intelligenzquotienten. Dass der echt richtig niedrig sein muss, weiß ich mit Sicherheit, weil ich mit ihm in eine Klasse gehe.
Er hat mich nicht bemerkt, weshalb ich unauffällig die Straßenseite wechsle. Bis zur Kreuzung ist es nicht mehr weit. Hinter den Bäumen kann ich schon den Stadtpark erkennen, wo es eine Skateboardbahn gibt. Eine Zeit lang war sogar mal eine Halfpipe geplant, also so eine gebogene Rampe, auf der man Skateboard-Kunststücke machen kann, aber die Stadt hat dafür im Moment kein Geld, hat Papa gesagt.
Für die Hundehaufenbeseitigung hat sie anscheinend auch kein Geld. Fast wäre ich in einen getreten. Der reinste Hundekackeslalom ist das hier. Bäh!
Kurz vor dem Park ist der Gehweg endlich asphaltiert. Ich hüpfe auf mein Skateboard und will gerade losrollen, da höre ich es.

„Schrotte-Lotte! Lotte-Hottentotte!"

Och nee … Max Oberblödmann Müller. Auf den letzten Meter hat er mich doch noch gesehen!

„Olle Lotte! Lotte-Popotte!"

Fragt mich nicht, was das soll. Max findet es witzig, so was hinter mir herzurufen, egal wie bescheuert es ist. Er ist eben noch ein Baby.

„Halt die Klappe!", zische ich ihm zu und stoße mich ab.

Mein Skateboard rollt los, aber leider geht der Weg an dieser Stelle bergauf, weshalb ich nicht sehr weit komme.

Die Ampel ist auch gerade rot. Schöne Schiete. Ich klemme mir mein Skateboard wieder unter den Arm.

„Willste dir die Knochen schrotten, Schrotte-Lotte?"

Ich gucke stur geradeaus. Max baut sich neben mir auf.

„Mädchen auf'm Skateboard … Harharhar!" Er lacht wie eine Kegelrobbe mit Keuchhusten.

Ich achte gar nicht auf ihn.

Im Park warten Rudi und Titus auf mich, meine besten Freunde. Wenn Max die sieht, traut er sich nicht mehr, mich zu ärgern. Wetten? Die sind nämlich größer und älter als er und eine ganze Ecke schlauer. Leider gehen sie

auf eine andere Schule und wohnen auf der anderen Seite des Parks.
Die Ampel wird grün, und ich will gerade loslaufen, da liege ich plötzlich der Nase nach auf dem Pflaster.
„Aua, Mann! Blödmann! Bist du bescheuert?“, schleudere ich in Max’ Richtung. Hat der mir doch glatt ein Bein gestellt!
„Siieehste! Mädchen sind echt zu doof zum Geradeauslaufen! Und so was will Skateboard fahren!“ Er grinst fies und gibt meinem Skateboard einen Tritt.
Ich rappele mich schnell auf und rette es, bevor es unter einem Auto verschwindet.

Ein Lastwagen hupt. Die Fußgängerampel ist längst wieder auf Rot gesprungen. Eine junge Frau fragt mich, ob sie mir helfen kann, aber ich schüttele den Kopf. Mein linkes Knie tut weh, und meine Hand ist ein bisschen aufgeschürft. Am liebsten würde ich auf der Stelle ’ne Runde heulen, aber den Gefallen tu ich Max Müller nicht. Nie im Leben! Wo ist er überhaupt?
Während ich mein schmerzendes Knie reibe, gucke ich mich um. Keine Spur von dem Schwachkopf, zum Glück. Ich hab zwar keinen Schiss vor dem, aber trotzdem wäre ich froh, wenn zwischen uns eine ähnlich große Entfernung wie zwischen, na sagen wir mal, Dänemark und

Papua-Neuguinea liegen würde. Dabei hab ich keinen Schimmer, warum Max mich immer ärgert. Er tut's einfach, seit dem Kindergarten schon. Und obwohl Mama und Oma Li deswegen bestimmt schon tausendmal mit seinen Eltern gesprochen haben, hört er nicht auf.
Aber ich kann mich wehren. Das hat Papa mir beigebracht, weil er das sehr wichtig findet, gerade für Mädchen. Papa hat mal Judo gemacht, als er noch jung war, und kennt ein paar ziemlich coole Griffe. Plötzlich finde ich es fast schade, dass Max verschwunden ist. Wäre eigentlich eine gute Gelegenheit gewesen, mal ein paar Judogriffe an ihm auszuprobieren.

Am Eingang des Parks gibt es eine uralte Reitschule. Sie steht schon lange leer und bröselt vor sich hin. An einem Stall hängen die Fensterläden schief, und auf dem Reitplatz liegen bunte Hindernisstangen herum, als hätte jemand Mikado gespielt und hinterher vergessen aufzuräumen.
Normalerweise geh ich an der Reitschule vorbei, aber heute bleib ich stehen. Vor dem Stall parken zwei Autos. Mehrere Frauen in Latzhosen laufen herum, schleppen

Holz und Werkzeuge. Sie rufen sich etwas zu und lachen. Aus dem Stall kommt ein lustiges Wiehern.
Komisch … Seit wann gibt's hier Pferde?

„Da macht 'ne neue Reitschule auf", sagt Rudi wenig später, als ich neben ihm an der Betonbahn stehe und darauf warte, dass zwischen all den riesigen Jungs eine kleine Lücke für mich und mein Skateboard frei wird. „Nur für Frauen." Er grinst und präsentiert mir seine quietschblaue Zahnspange.
„Wieso nur für Frauen?", frage ich zurück.
„Weil mehr Mädchen als Jungs reiten", kräht Krümel. „Ist doch klar!"
Krümel ist Rudis kleine Schwester. Sie ist erst fünf. Rudi muss sie überallhin mitschleppen, weil bei ihnen tagsüber niemand zu Hause ist. Krümel ist echt schlau für ihr Alter. „Alle Mädchen liiieeeben Pferde und schmusen mit ihnen", erklärt sie uns. „Das gehört so."
Titus lacht und schüttelt den Kopf. Er hat seine langen Haare mit einem Stirnband zusammengebunden und trägt ein T-Shirt mit der Aufschrift „Das Leben ist kein Ponyhof". Wie passend!

„Mit Pferden schmusen?“, fragt er und stopft sich die Stöpsel von seinem iPod in die Ohren. „Örks, ist ja krank! Die stinken doch!“

Ich gebe ihm uneingeschränkt Recht. Meine Tante Harri wohnt auf dem Land. Da gibt’s jede Menge Pferde, Kühe, Schafe, Hühner und Schweine. Und es stinkt bestialisch nach Mist. Nicht immer, aber meistens. Von den fetten Fliegen mal ganz abgesehen. Grün und blau sind die und riesig groß. Wenn die losbrummen, denkst du, die Außerirdischen greifen an. Solche Modelle gibt es in der Stadt überhaupt nicht!

„Pferde stinken gar nicht!“, protestiert Krümel. „Die sind voll süß!“

„Ja, klar. Von mir aus“, sage ich und schwinge mich auf mein Skateboard. Ich hab endlich eine Lücke entdeckt.

Kapitel 2,

in dem eine ansteckende Krankheit ausbricht, die anscheinend nur Mädchen kriegen.

Als Oma Li mich am nächsten Morgen weckt, scheint die Sonne. Aber das macht sie im Moment fast jeden Tag. Es ist August, das neue Schuljahr hat gerade erst angefangen, und ich hab mich noch kein bisschen daran gewöhnt, dass die Sommerferien wirklich zu Ende sind und ich jeden Morgen früh aufstehen muss. Aber was soll man machen? Die Tage bis zu den Herbstferien zählen vielleicht? Das ist mir viel zu langweilig!

Ich wühle mich aus dem Bett, reiße das Fenster auf und atme tief ein. Die Luft erinnert mich an den Eierschnee auf Omas Schokosuppe, so fluffig, weich und warm ist sie.

Im Wohnzimmer macht Mama wie jeden Morgen ihre Yogaübungen. Um die eigene Mitte zu finden, hat sie mir erklärt. Dazu balanciert sie auf dem bunten Flickenteppich vor dem Bücherregal wie ein Storch auf einem Bein und konzentriert sich dabei ganz und gar auf ihren Bauchnabel, weil ungefähr da beim Yoga das Sonnengeflecht sitzt. So heißt die Stelle, wo die ganze Energie sitzt. Behauptet sie jedenfalls.

„Guten Morgen“, sage ich.

Sie nickt mit geschlossenen Augen und ist total in ihrer Mitte, das sehe ich sofort.

Oma Li hat den Frühstückstisch auf dem Balkon gedeckt. Überall brummeln Hummeln herum. Ein Marienkäfer krabbelt über die Tischdecke. Es könnte richtig gemütlich sein, wenn nur die Schule nicht wäre. Und der Schulweg. Ich muss ein paar Haltestellen mit dem Bus fahren, genau wie Max Müller.

Oma setzt ihre rosa Halbmondbrille auf und faltet die Zeitung auseinander. Den ersten Teil überblättert sie morgens, weil da ihrer Meinung nach sowieso nur Mord und Totschlag drinstehen und sie keine Lust hat, sich damit den Tag zu verderben. Das spart sie sich lieber bis zum Abend auf, wenn sowieso alles zu spät ist, wie sie sagt.

Während sie sich in die Lokalnachrichten vertieft, werfe ich einen Blick auf die Rückseite mit den Kleinanzeigen.

Eine ist größer als die anderen und mit Hufeisen umrahmt.
Halblaut lese ich die Anzeige vor.

Neueröffnung
Frauenreitschule Pegasus im Park –
von Frauen für Frauen

Sind Sie früher geritten?
Waren Sie ein echtes Pferdemädchen?
Träumen Sie davon, auf einem Schimmel
über eine blühende Wiese zu galoppieren?
Jetzt kann Ihr Traum wahr werden!
Die Frauenreitschule Pegasus hilft Ihnen dabei.
Egal, ob Anfängerin oder Wiedereinsteigerin –
besuchen Sie uns und überzeugen Sie sich
von unseren günstigen Einführungsangeboten
anlässlich unserer großen Neueröffnung
am kommenden Sonntag ab 11 Uhr.

Die Amazonen freuen sich auf Sie!

Die Amazonen … Ich muss kichern und beiße in mein Mohnbrötchen.
„Zeig doch mal her, Lotte!“ Mama hat den Flickenteppich und ihre Mitte verlassen und schnappt Oma und mir die Zeitung weg.
„Das ist ja supi!“, sagt sie und schlürft Milchkaffee aus

Oma Lis Becher, was die auf den Tod nicht ausstehen kann.

„Was?“, frage ich.

Mama tippt auf die Frauenreitschule Pegasus. „Na, das hier!“

„Dinge, die die Welt nicht braucht“, brummt Oma Li und steht auf, um sich einen neuen Kaffeebecher aus der Küche zu holen. „Eine Frauenreitschule …“, murmelt sie vor sich hin. „Wo gibt’s denn so was?“

„Bei uns im Park“, antworte ich. „Ich hab’s selbst gesehen! Lauter Frauen. Und kein Pferd weit und breit!“

„Kein Pferd?“ Jetzt kichert Mama auch. „Und worauf soll man reiten?“

„Auf einem Besen vermutlich.“ Oma kommt mit einem neuen Becher zurück und guckt auf ihre Uhr. „Komm in die Hufe, Lotte! Sonst verpasst du deinen Bus.“

„Ich glaube, das werde ich mir mal anschauen“, sagt Mama nachdenklich, während ich hastig meinen Kakao herunterstürze.

„Was?“, frage ich noch einmal und stelle den leeren Becher ab.

„Na, diese Frauenreitschule“, sagt Mama. „Ich finde, wir sollten am Sonntag zu der Eröffnung gehen. Was hältst du davon?“

Was ich davon halte? Darüber grübele ich den ganzen Schulweg nach. Der Bus ist proppenvoll. Ich bin zwischen drei großen Jungs eingequetscht, kann mich kaum rühren und habe daher ziemlich viel Zeit zum Grübeln.

Was will Mama in dieser Frauenreitschule? Reicht es denn nicht, dass sie jeden Vormittag in die Volkshochschule geht?

Ich versuche, mir meine Mutter auf einem Pferd vorzustellen, und muss lachen. Obwohl – mir fällt ein, dass sie vor Urzeiten mal geritten ist, als sie jung war und mich und Papa und Oma Li noch nicht hatte. Sie hat sogar ihre ollen Reitklamotten und den ganzen Pferdeputzkrempel aufbewahrt. Er gammelt in einer großen Kiste in Oma Lis Keller vor sich hin, für den unwahrscheinlichen Fall, dass ich mal den Wunsch verspüren sollte, ein Pferd zu striegeln.

Ich glaube, meine Mutter fände es cool, wenn ich ihr Pferde-Gen geerbt hätte. Aber das kann sie knicken. In der Beziehung komme ich mehr nach Papa. Der ist allergisch gegen Pferde und niest schon, wenn er nur in die Nähe der ollen Krempelkiste kommt.

Okay, denke ich. Mama ist also mal geritten. Wahrscheinlich war sie sogar eins von diesen Pferdemädchen,

wie es in der Anzeige hieß. Aber das ist doch mindestens hundert Jahre her! Wieso interessiert sie sich plötzlich wieder fürs Reiten?
„Träumen Sie davon, auf einem Schimmel über eine blühende Wiese zu galoppieren?", säusele ich einem Reklameschild zu.
„Du hast doch 'ne Klatsche, Lotte-Popotte!"
Ich drehe mich um, so gut es in der Sardinenbüchse von Bus geht. Blödbacken-Max steht hinter mir und grinst. Ich strecke ihm die Zunge raus.

In meiner Klasse ist die neue Reitschule das Thema Nummer eins. Alle Mädchen – bis auf Greta, die mal von einem Ferienhofpony gefallen ist und sich dabei fast den Arm gebrochen hat – finden Pferde toll und können sich nichts Schöneres vorstellen, als auf einem schneeweißen Schimmel über eine blühende Wiese zu preschen.
Greta und ich stehen mit unserer Anti-Pferde-Einstellung also ziemlich einsam da. Zusammen mit den Jungs natürlich, die mit plüschigen Huftieren aller Art generell nicht so viel am Hut haben.

„Meine Mutter hat mich schon in der neuen Reitschule angemeldet“, quietscht Larissa und wird von den anderen mit neidischen Blicken bedacht.
Ach du lästige Laus!, denke ich. Das ist ja die reinste Pferdeseuche!

Als ich mittags von der Schule nach Hause komme, geht es in diesem Stil weiter.
„Ich hab heute Vormittag in der Frauenreitschule im Park angerufen“, erzählt Mama, wobei ihre Augen mit ihrem himmelblauen T-Shirt um die Wette leuchten. „Es gibt einen speziellen Reitkurs für Wiedereinsteigerinnen. Mal sehen, vielleicht melde ich mich an.“
„Müsste es nicht ‚Wiederaufsteigerinnen‘ heißen?“, frage ich. „Auf ein Pferd steigt man doch auf und nicht ein.“
Mama guckt mich an, als hätte ich zwei Nasen im Gesicht, dann kichert sie. „Stimmt, du hast Recht!“ Sie legt mir ein Tofuschnitzel auf den Teller und schiebt mir die Salatschüssel hin. „Guten Appetit.“
Ich wünschte, heute wäre Dienstag und Oma Li würde kochen. Dann gäbe es Schnitzel aus echtem Fleisch mit

Nudeln und Soße. Mama ist Vegetarierin aus Überzeugung. Ihre fleischlosen Bratlinge schmecken genauso, wie sie aussehen: wie eine panierte Kreuzung aus Turnschuh und Pappkarton.

„Freust du dich schon auf Sonntag?", erkundigt sich Mama.

Ich runzele die Stirn. Sonntag? Ach so – die Eröffnung dieser Reitschule …

Also, ich freue mich schon auf den Tag, an dem Max Müller endlich mit einer Forschungsrakete ins All geschossen wird, wo man eklige Experimente mit seiner verkümmerten Intelligenz durchführen wird. Aber auf die feierliche Neueröffnung der Frauenreitschule Pegasus? Hm …

Ich nicke meiner Mutter vage zu und traue mich nicht, sie zu fragen, ob ich wirklich unbedingt mitmuss. Sie sieht so happy aus. Bestimmt hat sie vorhin ihre Kiste aus dem Keller geholt, das Pferdeputzzeug abgestaubt und nebenbei festgestellt, dass ihr die Reitsachen nach all den Jahren immer noch passen. Es kommt mir so vor, als würde es in der Wohnung nach Pferd riechen. Aber vielleicht bilde ich mir das auch nur ein.

Kapitel 3,

in dem ich ein Super-Riesen-Glückslos ziehe. Oder ist es doch eher eine Super-Pech-Niete?

„Herzlich willkommen in der Reitschule Pegasus!“, ruft eine große Frau mit grauen Haaren. Sie hat Reitstiefel an und stürmt mit langen Schritten auf uns zu. „Ich bin Hella Schmitt, die Besitzerin. Ich freue mich, dass ihr da seid!“

Aha, denke ich und ducke mich ein bisschen. Das ist also die Oberamazone.

Hella und Mama begrüßen sich, als würden sie sich schon ewig kennen. Möglicherweise ist das unter alten Pferdemädchen so üblich. Ich wette, die erkennen sich noch hundert Meter gegen den Wind, schon allein am Geruch.

Ich schaue mich um und stelle fest, dass die Amazonen

ganze Arbeit geleistet haben. Die alte Reitschule ist kaum wiederzuerkennen. Alles ist picobello sauber. Der Hof ist gefegt, die Fensterläden sind frisch gestrichen und hängen gerade in ihren Scharnieren, und auf der großen Koppel hinter dem Stall stehen tatsächlich ein paar Pferde.

Sogar der Reitplatz ist aufgeräumt. Die Hindernisstangen liegen säuberlich aufgereiht am Rand und sehen aus, als hätten sie auch etwas frische Farbe für ihre Querstreifen abgekriegt.

Überall wuseln Mädchen und Frauen in Reiterklamotten herum, auch ein paar aus meiner Schule hab ich schon gesehen. Ich komme mir mit meinem Skateboard unter dem Arm ganz schön fehl am Platz vor. Aber schließlich bin ich nicht zum Reiten hier, sondern will nachher noch auf die Skateboardbahn. Um zwölf bin ich mit Titus und Rudi verabredet. Bis dahin ist dieser ganze Pferdezirkus hier hoffentlich vorbei.

Hella höchstpersönlich führt uns herum und zeigt uns alles. Als sie hört, dass Mama sich bei den Wiederaufsteigerinnen anmelden möchte, sobald sie Zeit hat, strahlt sie: „Wunderbarchen!"

Wunderbarchen? Ich kichere. Mama wirft mir einen autoritären Blick zu.

Als Hella sich neuen Besucherinnen zuwendet, schlendern wir alleine weiter. Mama will unbedingt zu den Pferden, aber ich hab etwas viel Interessanteres gesehen.
„Guck mal, eine Tombola!" Ich ziehe sie hinter mir her.
Vor einem Stall steht eine große Lostrommel. Darüber hängt ein Plakat, das verspricht, dass von jedem verkauften Los 50 Cent an einen Gnadenhof für Pferde gespendet werden. Als sie das liest, zückt Mama ohne zu zögern ihr Portemonnaie und kauft gleich eine ganze Handvoll Lose.
„Ist ja schließlich für einen guten Zweck", meint sie und gibt mir die Hälfte der Lose ab. „Toi, toi, toi."
Die ersten drei Lose sind Nieten, aber dann gewinne ich einen Trostpreis. Eine Tüte Gummibärchen, immerhin. Mama geht es ähnlich, nur dass sie statt der Gummibärchen einen kleinen Taschenkalender bekommt.
Als nur noch ein einziges Los übrig ist, kneife ich die Augen zusammen und murmele meine streng geheime Glücksformel. Ich weiß zwar nicht, was der Hauptpreis ist, aber ich würde zu gerne mal was richtig Großes gewinnen, ganz egal, was es ist.
Vorsichtig reiße ich das Los auf und schnappe im selben Augenblick nach Luft.

„Herzlichen Glückwunsch!“, steht auf dem Los. „Sie haben einen Hauptgewinn!“

„Quergestrickte Elchkuh!“, japse ich. „Ich glaub, ich hab gewonnen!“

Mama jubelt sofort los. „Was ist es denn? Was ist es?“, fragt sie hektisch.

„Keine Ahnung!“, antworte ich.

Die Frau an der Lostrommel gratuliert mir. „Glückwunsch! Heb das Los gut auf. Die Hauptgewinne werden um 12 Uhr verkündet.“

„Was?! Nee, das geht nicht. Da hab ich schon was vor! Können Sie mir den Gewinn nicht jetzt gleich geben, bitte?“ Ich denke an meine Verabredung mit Titus und Rudi, werfe der netten Losverkäufer-Amazone einen flehenden Blick zu und sage sogar: „Bitte, bitte!“

„Sorry“, meint sie mit einem bedauernden Kopfschütteln. „Wenn du nachher nicht mehr da bist, verfällt der Gewinn.“

„Mensch, Lotte!“ Mama stupst mich an. „Deine Freunde können wohl mal fünf Minuten auf dich warten, oder nicht?“

Wie, was?! Ich glaub, ich hör nicht richtig!

„Du sagst doch immer, dass ich pünktlich sein soll!“, schnaube ich entrüstet.

„Heute ist eine Ausnahme", erwidert Mama. „Immerhin gewinnt man nicht jeden Tag einen Hauptpreis!"
Stimmt. Da hat sie auch wieder Recht.
Ich frage mich nur, wie ich die Dreiviertelstunde bis zur Gewinnverteilung überbrücken soll. Das ist eine halbe Ewigkeit! Aber auch dafür hat Mama eine Lösung parat.
„Komm, wir gucken uns mal die Pferde an", sagt sie.
Die Losverkäufer-Amazone zwinkert uns fröhlich zu, als wäre das in ihren Augen eine großartige Idee.
Murrend stiefele ich hinter Mama her.
Sie streichelt, klopft und knuddelt sämtliche Pferde, die die Reitschule Pegasus aufbieten kann, und das sind erstaunlich viele.
Ich hocke mich derweil ins Gras und streichele mein Skateboard. Mir ist sterbenslangweilig. Immer wieder gucke ich auf die Uhr, aber der Minutenzeiger scheint irgendwie am Ziffernblatt zu kleben und bewegt sich kaum vorwärts. Die anfängliche Freude über meinen Hauptgewinn schrumpft mit jeder Schneckensekunde.
Bestimmt hab ich ein Pferd gewonnen!, denke ich plötzlich, und es läuft mir eiskalt den Rücken herunter. Was auch sonst? Immerhin ist es eine Pferde-Lotterie auf

einem Pferde-Hof zugunsten alter Pferde. Jeder Dödel kann sich ausrechnen, was da der Hauptgewinn ist. Aber was, bitte schön, soll ich mit einem Pferd anfangen? Auf Oma Lis Balkon stellen und mit ihren Petunien füttern vielleicht? Ich nehme mir vor, Mama den Gaul zum nächsten Muttertag zu schenken. Und zwar mit einem rosa Schleifchen in der Mähne. Das hat sie dann davon, dass sie mich mit hierhergeschleppt hat!

„Freust du dich denn gar nicht?“, fragt Mama, als hätte sie meine düsteren Gedanken angezapft. Sie setzt sich neben mich ins Gras und stößt mich mit dem Ellbogen an.

„Doch, schon“, antworte ich.

„Ich bin ja soo gespannt, was es ist!“ Mama holt eine große Flasche biologisch unbedenkliche Quittenlimo aus ihrem Rucksack. „Du nicht?“

„Doch, klar.“ Ich seufze.

Hinter dem Holzzaun steht ein Pferd und grinst mich schadenfroh an. Jedenfalls sieht es so aus. Wie ein schadenfrohes, ziemlich dämliches Grinsen. Echt wahr.

Als Mama nicht guckt, strecke ich dem Zossen die Zunge raus, aber er schnobert nur weiter vor sich hin und tut so, als hätte er nichts gesehen.

Endlich ist die Zeit rum, und wir gehen zurück. Die Losverkäufer-Amazone winkt uns zu. Neben ihr steht Hella mit einem Mikrofon in der Hand. Sie pustet ein paarmal hinein und bittet dann um Aufmerksamkeit.
„Hast du dein Los?“, flüstert meine Mutter mir zu.
Ich fühle in meiner Tasche nach und nicke. Mein Herz klopft. Mannomann, jetzt wird's ernst!
„Anlässlich unserer Eröffnung haben wir drei tolle Hauptpreise zu vergeben!“, verkündet Hella. „Ich möchte die Gewinner jetzt bitten, zu mir nach vorne zu kommen.“
In meinen Ohren rauscht es, als ich vorwärts stolpere.
Mama hält beide Daumen gedrückt.
Zwischen Hella und mir steht ein kleines Mädchen, das vor Aufregung Schluckauf bekommt, und eine dicke Frau mit knallroten Haaren.
Hella drückt der dicken Frau einen voll ausgestatteten Pferdeputzkorb in die Arme. Das Schluckauf-Mädchen bekommt eine plüschige pinke Satteldecke und freut sich fast ein Loch in den Bauch.
Na super, denke ich. War doch klar, dass die Preise was mit Pferden zu tun haben!

Ich gucke mich unauffällig um, ob irgendwo ein Pferd parkt, auf dem „1. Preis“ steht, und überlege schon mal, wie ich es die Treppe hinauf und auf Oma Lis Balkon kriegen soll, während Hella mein Los kontrolliert und freudig nickt.
„Du hast einen Schnupperreitkurs gewonnen!“ Sie strahlt über das ganze Gesicht. „Herzlichen Glückwunsch! Ist das nicht wunderbarchen?“
Hella überreicht mir einen Briefumschlag und schüttelt mir die Hand. Das Rauschen in meinen Ohren wird lauter. Hab ich gerade richtig gehört? Hat sie wirklich *Schnupperreitkurs* gesagt??

„Hurra!“, jubelt Mama. Sie klatscht und nimmt mich in die Arme. „Das ist ja toll!“
Toll? Ich schüttele den Kopf. „Kann ich den Preis vielleicht umtauschen?“, frage ich. „Ich will eigentlich gar nicht reiten lernen.“
Hella starrt mich an. „Du willst nicht reiten lernen?“
„Nö“, antworte ich wahrheitsgemäß. „Ich fahr lieber Skateboard.“
Um mich herum herrscht ungläubiges Schweigen.
Ich zucke entschuldigend mit den Achseln. Was ist so schlimm daran, dass ich mir nichts aus Pferden mache?
„Der Preis ist nicht umtauschbar“, sagt die Losverkäufer-

Amazone. „Er ist auch nicht übertragbar. Wenn du den Gutschein nicht annehmen möchtest, musst du auf deinen Gewinn verzichten.“

„Das kommt gar nicht in die Tüte!“, mischt Mama sich ein und wirft mir einen warnenden Blick zu. „Wir klären das zu Hause!“

„Darf ich jetzt zur Skateboardbahn?“, frage ich kleinlaut.

Mama nimmt mir den Umschlag aus der Hand und nickt.

Ein paar Minuten später flitze ich auf meinem Board durch den Park. Hoffentlich sind Titus und Rudi noch da. Ich glaub, die beiden sind jetzt die Einzigen, die mich verstehen und vielleicht ein bisschen Mitleid mit mir haben. Schließlich stehen sie auch nicht besonders auf Pferde, soviel ich weiß.

Moment … Hab ich gerade Mitleid gesagt?

Pustekuchen!

„Du hast *was* gewonnen?“ Titus bricht fast zusammen vor Lachen. Natürlich hat er wieder sein Ponyhof-T-Shirt an.

Ich schiebe meine Unterlippe vor und schmolle.

„Einen Reitkurs? In dieser beknackten Frauenreitschule?“

Rudi hält sich den Bauch. *„Du?“*

Nur Krümel freut sich und klammert sich an mein Bein. „Darf ich mitkommen? Bitte, bitte! Ich liiieeebe Pferde! Die sind so groß und stark und weich und …“

„Ich geh doch gar nicht hin“, würge ich sie ab.

„Du auf einem Pferd!“, wiehert Titus. „Das geht ja gar nicht!“

„Hallo! Ich geh nicht hin!“, wiederhole ich laut. „Hast du Bohnen in den Ohren?“

Wütend springe ich auf mein Skateboard und stoße mich ab, das Lachen meiner besten Freunde in den Ohren. Oder soll ich sagen, meiner ehemaligen besten Freunde?

Dass die so bescheuert sind, hätte ich nie gedacht. Die sind ja schlimmer als sämtliche Amazonen zusammen! Jedes Mal, wenn ich an ihnen vorbeirolle, wiehern sie laut und machen Pferdegeräusche.

„Sehr witzig!“, zische ich ihnen zu, aber Titus und Rudi wiehern nur umso lauter.

Kapitel 4

Ein Pferd namens Motte

In den nächsten Tagen schaffe ich es fast, nicht mehr an meinen Hauptgewinn zu denken. Aber nur fast.

„Übermorgen ist deine erste Reitstunde", strahlt Mama eines Abends.

Ich schlucke. Wir haben lang und breit über den Gewinn gesprochen. Es sind nur fünf einzelne Reitstunden, und Mama ist der Meinung, dass ich es wenigstens mal ausprobieren soll. Papa und Oma Li auch.

Typisch, denke ich. Bei so was halten die Erwachsenen natürlich zusammen!

„Ich hab aber keine Reithose", wende ich ein.

„Die brauchst du am Anfang nicht unbedingt", meint Mama. „Reitstiefel auch nicht."

„Und was ist mit einem Helm?", frage ich. Mama legt nämlich großen Wert auf Sicherheit.

„Du kannst erst mal deinen Fahrradhelm aufsetzen", sagt sie unerschütterlich.

Ich soll mich mit einem Fahrradhelm auf ein Pferd setzen? Das wird ja immer peinlicher! Ich kann nur hoffen, dass Rudi und Titus mich nicht sehen. Seit sie mich wegen des Reitkurses aufgezogen haben, gehe ich ihnen aus dem Weg. Auf ihren Spott kann ich gut verzichten.
„Ich wünschte, ich könnte den Gutschein verkaufen“, murre ich. „Mein Skateboard braucht neue Rollen.“
Mama schaut mich traurig an.
„Aber Lotte …“, seufzt sie. „Wir waren uns doch einig, dass du es ausprobierst. Ich bin mir sicher, dass es dir gefallen wird.“

Oma Li nickt. „Reiten ist gut für die Haltung“, sagt sie. „Und für die Disziplin!“
Mama geht ans Bücherbord und zieht ein Buch heraus. Ein Pferdebuch.
„Das war mein Lieblingsbuch, als ich ungefähr so alt war wie du jetzt“, sagt sie. „Vielleicht hast du ja mal Lust, es zu lesen.“
Ich betrachte den Buchumschlag. Ein blondes Mädchen strahlt mir entgegen. Im Hintergrund galoppieren zwei Pferde über eine Wiese. Das Buch ist schon ziemlich zerfleddert, aber wenn es Mamas Lieblingsbuch gewesen ist, hat sie es bestimmt mehr als einmal gelesen.
Ich nehme es mit in mein Zimmer und mache es mir

damit auf meinem Bett gemütlich. Vielleicht ist es gar nicht so verkehrt, ein bisschen was über Pferde zu erfahren, bevor ich mich auf eins setze, überlege ich und fange an zu lesen. Seine Gegner soll man schließlich kennen.
Wenig später bin ich so in das Buch vertieft, dass ich alles andere um mich herum vergessen habe. Mama, Papa, Oma, Titus, Krümel und Rudi, Max Müller, die Reitschule und die Disziplin.

Das Buch ist echt spannend. Es handelt davon, dass ein Mädchen sich von seinem Lieblingspferd trennen muss, weil der Besitzer in eine andere Stadt zieht. Gundi, so heißt das Mädchen, ist total traurig. Sie schreibt in der Schule nur noch schlechte Zensuren und wird schließlich sterbenskrank vor lauter Kummer. Auch dem Pferd geht es nicht gut in dem neuen Stall, in dem es nach dem Umzug wohnt. Die beiden haben solche Sehnsucht nacheinander, dass es schon beim Lesen wehtut, so tragisch und traurig ist es!
Ich bin echt erschüttert. Dass man ein Pferd so liebhaben kann, hätte ich nicht für möglich gehalten! Aber

warum eigentlich nicht? Manche stehen auf Skateboards, andere mögen Pferde.

Es ist ja nun auch nicht so, dass ich Pferde und Ponys nicht ausstehen kann. Ich interessiere mich nur nicht besonders für sie. Außerdem hab ich noch keins persönlich kennengelernt und kann mir daher überhaupt kein Urteil erlauben. Die meisten Pferde sind vermutlich sehr nett und freundlich. Wenn sie nur nicht so schrecklich groß wären! Wie kommt man da überhaupt rauf? Bestimmt mit einer Leiter, oder?

Ich seufze. Spätestens übermorgen werde ich's wissen. Ob ich will oder nicht.

„Glück ist wie eine weiche Pferdeschnauze", sagt Hella, die Oberamazone, vor der allerersten Reitstunde meines Lebens zur Begrüßung. Sie strahlt mit der Sonne um die Wette. „Obwohl Pferde streng genommen natürlich keine Schnauzen haben, sondern Mäuler", schränkt sie ein.

Dann muss sie ja 'ne Menge Glück haben, denke ich, bei all den Mäulern, die sie zu füttern hat. Siebzehn Pferde hat die Reitschule Pegasus – dicke, dünne, schwarze,

weiße, braune und gefleckte –, und Hella kennt sie alle mit Namen.
Für mich sehen die Viecher irgendwie alle gleich aus – von der Farbe mal abgesehen natürlich.
Hella hat gesagt, dass wir sie duzen dürfen, also sie, Hella, nicht die Pferde. Obwohl … ich gehe eigentlich davon aus, dass wir zu denen auch „du" sagen dürfen. Wäre sonst ja wohl ein bisschen blöd.
Ich gucke mich unauffällig um. Zwei ältere Frauen und zwei Mädchen gehören außer mir zur Gruppe. Ob die schon mal geritten sind? Hoffentlich nicht. Ich hab echt keine Lust, mich als einzige Anfängerin zu blamieren. Wir stehen dumm rum und warten darauf, dass es losgeht.
„Wir fangen mit Böckchen an", meint Hella.
Ich kichere.
Sie hebt eine Augenbraue und fragt: „Ist was?"
„Nö", sage ich. „Nur dass Böckchen ein ziemlich komischer Name ist. Ich meine, wer nennt sein Pferd schon Böckchen?"
Womöglich noch „Herr Böckchen", füge ich im Stillen hinzu, falls wir die Monster vielleicht doch siezen sollen.
Hellas Augenbraue ist immer noch oben, aber dann

lacht sie plötzlich. „Ach so! Hihi! Nein, nein, Böckchen ist kein Pferd. Kein echtes jedenfalls. Kommt mit!"
Sie führt uns um eine Ecke und zeigt auf etwas ziemlich Eigenartiges. Ein bisschen sieht es aus wie ein Turnpferd in der Schule, aber nur ein bisschen. Es ist ein lederbezogenes Fass, das mit dicken Gurten in einem Gestell befestigt ist und merkwürdigerweise einen Reitsattel trägt.
„Hier üben wir das Aufsitzen und die richtige Körperhaltung", verkündet Hella fröhlich.
Ich schlucke. Ich soll mich auf ein blödes Fass setzen? Warum nicht gleich auf ein Schaukelpferd? Wo ist bitte schön der schicke Schimmel aus der Anzeige, auf dem wir über blühende Wiesen galoppieren sollen? Klarer Fall von Werbelüge!
Aber Hella kennt kein Pardon. Nacheinander müssen wir in den Sattel klettern und ein bisschen auf dem Böckchenfass hin und her schaukeln, wobei sie an uns herumzupft, drückt und schiebt, bis wir einigermaßen gerade sitzen.
Gut, dass mich hier niemand kennt, denke ich und beiße die Zähne zusammen. Titus und Rudi würden sich kringelig lachen. Und Max Müller würde wahrscheinlich den Rest seines Lebens damit verbringen, mich damit aufzu-

ziehen, dass ich auf einem Fass geritten bin, das mit Vornamen Böckchen heißt!

„Kopf hoch, Schultern zurück, Ellbogen an den Körper“, sagt Hella zu mir, als ich an der Reihe bin. „Schieb das Becken nach vorne, aber fall mir bloß nicht ins Hohlkreuz! Die Knie liegen fest am Sattel an. Die Ferse ist der tiefste Punkt des Reiters. Die Zehenspitzen zeigen nach vorn.“

Sie zwingt meinen Fuß in die richtige Position.

Autsch! Es zieht und fühlt sich überhaupt nicht sehr gemütlich an, so zu sitzen. Außerdem kann ich mich immer nur auf eine Sache konzentrieren. Kaum hab ich die Knie angelegt, zeigen die Fußspitzen nach außen. Und wenn ich das Becken nach vorne schiebe, mache ich automatisch ein Hohlkreuz. Von den Ellbogen mal ganz zu schweigen.

„Da kann man ja Äpfel durchschießen!“, meckert Hella.

„Ich kann nichts dafür!“, motze ich zurück. „Das passiert ganz von selbst!“

„Ach, das wird schon“, tröstet Hella mich und fügt im Weggehen leise hinzu: „Irgendwann.“

Als wir alle auf dem Fass gesessen haben, gehen wir zu den richtigen Pferden. Ein paar große Mädchen haben sie von der Koppel geholt und in einer langen Reihe nebeneinander angebunden.
In meinem Bauch kribbelt es vor Aufregung. Noch könnte ich weglaufen. Aber da sagt Hella: „Du nimmst am besten die Motte."
Sie zeigt auf ein rundbäuchiges, teddybraunes Etwas, das zwischen den anderen Pferden steht und so herzhaft gähnt, dass ich seine rosa Zunge und ziemlich viele Zähne sehen kann. „Das ist eine ganz Liebe!"

Ich bleibe stehen. Ach du heiliger Hackbraten! So hatte ich mir das aber nicht vorgestellt!
„Die ist ja ganz schön klein", gebe ich zu bedenken. „Hast du nichts Größeres?"
Diese Motte ist das kleinste Pferd in der ganzen Reihe und sieht außerdem wie ein Pony aus und nicht wie ein richtiges, ausgewachsenes Pferd. Außerdem guckt sie nicht besonders freundlich, sondern eher wie jemand, den man aus dem Mittagsschlaf gerissen hat.
Ich halte nach dem Schimmel Ausschau, von dem in der Anzeige die Rede war, aber der ist genauso wenig da wie die blühende Wiese.
„Ein größeres Pferd, meinst du? Doch, ja, den Aladdin.

Aber der ist zu wild für dich.“ Hella drückt mir eine weiche Bürste in die Hand und sagt: „Motte passt viel besser zu dir. Hier, putz sie noch mal über!“
Ich finde, Motte hat große Ähnlichkeit mit Böckchen, der Tonne. Nur dass jemand vorne und hinten lange zottelige Haare drangeklebt hat.
„Na, du?“, sage ich zu dem Teil, von dem ich denke, dass es vorne ist.
Motte hebt den Kopf und guckt mich prüfend an. Unter ihrem dicken Schopf blitzen zwei freche, dunkle Knopfaugen hervor. Auf der Nase hat sie einen Fleck, der aussieht, als hätte ihn jemand mit weißer Farbe aufgetupft. Ob der echt ist? Unauffällig wische ich mit dem Ärmel über den Tupfen. Er scheint tatsächlich echt zu sein.
Motte mustert mich eingehend, dann wiehert sie. Ganz leise. Es hört sich nicht an wie das laute Wiehern der anderen Pferde, sondern mehr wie ein dunkles Brummeln.
„Die mag dich“, sagt eins der älteren Mädchen, die Hella auf dem Hof und bei den Pferden helfen. „Das macht sie nur, wenn sie einen mag.“
Mein Herz klopft ein bisschen schneller, als ich die Bürste anhebe und Motte damit ganz vorsichtig über das Fell streiche.

„Bei der Dicken kannst du ruhig ein bisschen fester schrubben“, sagt das Mädchen. „Gib mal her, ich zeig's dir.“

Es nimmt mir die Bürste aus der Hand und macht mir vor, wie man ein Pferd richtig striegelt. „Immer von vorne nach hinten, mit langen, kräftigen Strichen. Ich heiße übrigens Charlene, aber du kannst Charlie zu mir sagen.“

„Ich bin Lotte“, murmele ich.

„Lotte und Motte – passt doch perfekt!“, findet Charlie. Ich finde sie auf Anhieb nett. „Eigentlich heißt Motte Morgungjöf. Das heißt übersetzt Morgengabe“, erzählt sie mir, während wir in einer Wolke aus Staub und Pferdehaaren versinken. Immer wieder fährt sie mit der Bürste über Mottes Fell. Zwischendurch streift sie die Bürste an einem Eisending ab, das sie ab und zu an einem Stein ausklopft. „Sie ist ein Islandpferd. Die sind total cool. Gutmütig, intelligent und super zu reiten, das wirst du gleich merken. Mottes Rücken ist so bequem wie ein Sofa.“

Wie ein Sofa? Das klingt gemütlich. Und vor allem sicher!

„Aber sie ist ziemlich klein, oder?“, wende ich ein.

„Täusch dich mal nicht. Isländer sind keine Ponys, sondern Kleinpferde. Da können sogar erwachsene Männer drauf reiten." Sie gibt mir die Bürste zurück. „Das ist übrigens eine Kardätsche und das Eisending ein Striegel. Gewöhn dich am besten gleich an die richtigen Fachausdrücke."

Kardätsche – was für ein Wort! Ich striegele Motte fertig und versuche mir Papa auf ihrem Rücken vorzustellen. Papa ist ziemlich groß. Bestimmt müsste er seine Beine unter Mottes Bauch zusammenknoten, damit seine Füße nicht auf dem Boden schleifen.

Als Charlie Mottes Hufe sauber macht, halte ich vorsichtshalber zwei Meter Sicherheitsabstand. Sie klopft mit einer Hand gegen ein Bein, sagt „Fuß!" und hebt den Huf hoch. Dann kratzt sie mit einem Metallhaken darin herum und wiederholt das Ganze beim nächsten Bein und beim übernächsten, bis alle vier Hufe sauber sind. „Nächstes Mal machst du das selber, okay?", sagt sie zu mir.

Ich nicke stumm. Erstens wird es kein nächstes Mal geben, weil ich beschlossen habe, dass meine erste Reitstunde zugleich meine letzte sein wird, und zweitens werde ich ganz bestimmt niemals freiwillig ein Pferdebein hochheben. Ich meine, was ist, wenn Motte das Gleichgewicht verliert und umkippt und ich zufällig auf der falschen Seite stehe? Obwohl sie klein ist, ist Motte bestimmt ziemlich schwer. Ich möchte nicht, dass sie oder ein anderes dickes Pferd auf mich drauffällt!

Charlie legt den Hufkratzer weg und macht mir vor, wie man das Halfter richtig anlegt. Sie befestigt eine Art Leine daran und führt Motte hin und her. Als sie mir die Leine in die Hand drückt, bin ich so erschrocken, dass ich zuerst über meine eigenen Füße stolpere, aber dann klappt es ganz gut. Ich traue mich sogar, eine Hand von dem Strick zu nehmen und Motte zu streicheln. Es scheint ihr zu gefallen. Sie zieht die Nase kraus und macht ein lustiges prustendes Geräusch.

„Mein Pony heißt Motte, das reimt sich auf Lotte", singe ich ihr leise vor. Sie prustet noch einmal und schüttelt den Kopf, als hätte ich sie nicht alle.

Kapitel 5

Hilfe, ich lerne reiten!

Hella hat inzwischen das Tor zum Reitplatz aufgemacht. Nacheinander führen wir unsere Pferde hindurch und gehen mit ihnen ein paar Runden im Kreis, bevor wir in der Mitte anhalten. Wir sollen uns nebeneinander aufstellen, was sich leichter anhört, als es ist. Motte schubbert ihren dicken Kopf an mir und schubst mich fast um.

„Zum Reiten gehören Zügel." Hella hält ein Wirrwarr aus Lederriemen in die Luft und zeigt uns, wie man einem Pferd das Zaumzeug anlegt. Dazu muss das Pferd das Maul ganz weit aufsperren, und dann muss man ihm mit einer Hand blitzschnell ein längliches, zweigeteiltes Metallstück zwischen die Zähne schieben, mit der anderen Hand ein Lederband über die Ohren ziehen, alle übrigen Strippen sortieren und ungefähr tausend Schnallen zumachen. Und das alles möglichst gleichzeitig und ohne dass das Pferd einen beißt oder tritt oder auf einen drauffällt oder einfach wegläuft, weil es gerade keine Lust dazu hat, aufgezäumt zu werden.

„Igitt!“, sage ich leise und gucke Motte an. Eigentlich habe ich gar keine Lust, ihr meine Hand ins Maul zu schieben.

Motte guckt zurück. Sie sieht aus, als würde sie die Stirn runzeln, wobei ich nicht sicher bin, ob Pferde das überhaupt können. Motte anscheinend schon.

Hella seufzt ein bisschen, aber dann hilft sie mir beim Aufzäumen. Sie legt Motte auch einen Sattel auf den Rücken und erklärt mir, worauf man dabei achten muss.

„Zuerst mit der Hand das Fell glatt streichen und dann den Sattel langsam von vorne nach hinten auflegen, bis er richtig liegt. Wenn Haare hochstehen oder die Satteldecke Falten wirft, scheuert es und tut dem Pferd weh.“

Sie zieht den breiten Sattelgurt unter Mottes Bauch hindurch und zurrt ihn mit zwei großen Schnallen fest. „Sie hält manchmal die Luft an, die Schlingelin“, sagt sie. „Da musst du gut aufpassen.“

Ich verspreche es hoch und heilig.

Und dann geht’s los!

Ich soll auf Mottes Rücken klettern. Ich. Auf Mottes Rücken. Sonst noch was?

Plötzlich finde ich sie gar nicht mehr so klein. Im Gegenteil.
Ich stehe an ihrer linken Seite, hüpfe ein bisschen auf und ab und versuche gleichzeitig, mein Bein über ihr breites Hinterteil zu bekommen. Es geht nicht.
Hella seufzt schon wieder.
„Du musst viel mehr Schwung nehmen!", sagt sie zu mir und hält den Steigbügel fest.
Ich schiebe meinen linken Fuß hinein, zähle bis zehn, hole ganz tief Luft und stoße mich ab. Mein Fuß stößt gegen Mottes runden Bauch. Sie macht einen Schritt zur Seite und guckt mich vorwurfsvoll an. Genau wie Hella, die aufhört zu seufzen und mich energisch in den Sattel schiebt. Sie zieht den Bauchgurt noch einmal stramm und gibt Motte einen Klaps auf den Hintern, der bei Pferden übrigens Kruppe heißt. Das weiß ich aus Mamas Lieblingsbuch.
„Halt dich an der Mähne fest!", empfiehlt Hella mir noch, da setzt Motte sich schon in Bewegung.
Hilfe, ist das hoch! Der Boden kommt mir schrecklich weit weg vor. Unter mir schaukelt und schwankt Mottes breiter Rücken. Ich komme mir vor wie auf einem Schiff, und mir wird sogar ein bisschen schwindelig. Aber dann merke ich, dass das Schaukeln ganz gleichmäßig und

eigentlich sehr gemütlich ist. Außerdem kann ich jetzt Mottes Kopf von oben sehen, und das ist wirklich interessant!

Ihre spitzen Ohren drehen sich unentwegt hin und her. Wie zwei kleine Radarantennen zeigen sie mal nach vorne, mal zur Seite und mal nach hinten, als würde Motte lauschen, wie's mir da oben geht.

„Brave Motte“, sage ich zu ihr, weil Hella gemeint hat, dass wir mit unseren Pferden reden sollen. „Liebes Sofa.“

Ich trotte mit Motte artig am Ende der Pferdeschlange über die Reitbahn und vergesse dabei ganz, dass ich zum ersten Mal auf einem echten Pferd sitze und dass mir das vielleicht ein bisschen unheimlich sein sollte. Oder dass es vielleicht so langweilig sein könnte, wie ich es mir vorher ausgemalt habe. Aber es ist nicht unheimlich und auch nicht langweilig.

Es ist einfach nur schön. Fast so schön wie Skateboard fahren. Vielleicht sogar noch ein kleines bisschen schöner. Aber nee, das würde doch zu weit gehen.

Wir machen ein paar Turnübungen, so wie vorher auf Herrn Böckchen. Dazu müssen wir die Zügel loslassen, die Arme zur Seite ausstrecken und langsam vor und zurück kreisen lassen wie Windmühlenflügel. Die Pferde

latschen einfach weiter, als würde sie unser Gehampel überhaupt kein bisschen beeindrucken.
Ich hab das Gefühl, dass Motte heimlich ein Nickerchen macht. Als sie einmal kurz aus dem Tritt kommt und stolpert, halte ich mich schnell an ihrer dicken Mähne fest.

Nach allen möglichen Gleichgewichts-, Dehn- und Streckübungen ist meine erste Reitstunde dann auch schon wieder vorbei – und zwar, bevor ich überhaupt darüber nachdenken konnte, wie ich die Reiterei nun eigentlich finden soll.
„Das hat doch prima geklappt!“, ruft Hella und klatscht in die Hände. „Wunderbarchen! Bedankt euch bei euren Pferden!“
Wir reiten in die Mitte der Bahn und bleiben stehen. Ich ziehe die Füße aus den Steigbügeln und rutsche von Mottes Rücken. Es sieht bestimmt nicht sehr elegant aus, aber das ist mir egal. Meine Beine fühlen sich an wie Quallengelee, total glibbrig!
Ich gucke Motte an und klopfe ihr den Hals.
„Das war ziemlich cool“, sage ich zu ihr. „Danke.“

Motte brummelt ein bisschen vor sich hin. Keine Ahnung, was das heißen soll. Aber sie sieht eigentlich ganz zufrieden aus. Wahrscheinlich, weil sie mich endlich los ist und wieder ihre Ruhe hat.
Hella und Charlie helfen uns dabei, die Pferde von der Bahn zu führen und abzusatteln.
Wir schieben zuerst die Steigbügel hoch, damit sie nicht so rumbaumeln, dann öffnen wir die Sattelgurte und lassen sie vorsichtig herunter, ohne dass sie dabei gegen die Pferdebeine schlagen. Anschließend gehen wir um die Pferde herum und legen die Gurte quer über die Sättel.

Unsere Pferde sind dabei die ganze Zeit mit einem Haken und einem Strick an einer langen Querstange angebunden. Der Haken heißt übrigens Panikhaken, das weiß ich auch aus Mamas Buch. So ein Panikhaken ist ziemlich praktisch, weil er automatisch aufgeht, wenn ein Pferd in Panik daran zieht.
„Das ist wichtig, damit es sich nicht verletzt und noch mehr Angst bekommt", erklärt Charlie mir.
Erst jetzt dürfen wir den Sattelkram endlich abnehmen. Ich gehe dabei fast in die Knie. Der Sattel und das ganze Drum und Dran – die Steigbügel, die Satteldecke, die Pferdehaare, der Gurt und so – sind viel schwerer, als ich dachte.

„Wenn du um ein Pferd herumgehst“, sagt Charlie, „musst du immer darauf achten, dass es dich sehen kann. Geh am besten vorne rum und sprich mit ihm. Wenn du hintenherum gehst, denk an den Sicherheitsabstand. Pferde schlagen aus, wenn sie erschrecken!“
Ich gucke Motte streng an. Die guckt zurück und macht ein Gesicht, als wolle sie sagen, dass sie ganz bestimmt nicht nach mir treten würde, weil ihr das viel zu anstrengend wäre. Trotzdem halte ich den Sicherheitsabstand lieber ein und schlage vorsichtshalber noch ein paar Zentimeter drauf.
Nachdem ich den Sattel auf seinen Platz in der Sattelkammer gewuchtet habe, geht es dem Zaumzeug an den Kragen. Es abzunehmen ist zum Glück nicht ganz so schwierig wie das Anlegen.
Man öffnet die Schnallen an Kinn- und Kehlriemen und zieht dem Pferd anschließend das Genickstück nach vorne über die Ohren. Wenn alles gut geht, spuckt das Pferd die Trense dann von ganz alleine aus.
Bei Motte geht alles gut. Sie kaut ein bisschen herum und schubbert ihre Stirn an mir, als wäre sie froh, das blöde Zaumzeug endlich los zu sein. Ich kann sie gut verstehen.
Charlie legt ihr ein leichtes Halfter an.

„Das Gebiss kannst du gleich unter dem Wasserhahn abspülen", meint sie und zeigt auf ein Waschbecken, das an der Außenwand des Stalls hängt. „Trockne es gut ab, bevor du es aufhängst."

Ich starre sie an. Welches Gebiss? Mottes etwa? Soll ich der jetzt auch noch die Zähne putzen? Runzlige Rübe! Geht das nicht ein bisschen zu weit?

Charlie bemerkt meinen fassungslosen Blick und grinst. „Ich meine natürlich die Trense. Man sagt auch ‚Gebiss' dazu."

„Ach so. Hihi." Ich kichere ein bisschen. Die Trense, klar.

Das ist das zweigeteilte Metalldingens, das Motte eben noch im Maul hatte. Logisch.

Ich wanke zu dem Waschbecken, weil meine Geleebeine mir noch nicht richtig gehorchen wollen, und halte die Trense unter das fließende Wasser, wobei ich darauf achte, dass das Leder nicht nass wird. Mit einem Handtuch, das neben dem Wasserhahn hängt, trockne ich das Gebissstück hinterher gut ab und hänge das Zaumzeug schließlich an den Haken in der Geschirrkammer, über dem Mottes Name steht: „Morgungjöf". Klingt wie ein Mund voll Knäckebrot, finde ich. Oder wie isländische Schokolade mit ganzen Haselnüssen.

Sofort krieg ich Hunger auf was Süßes. Aber noch bin ich

nicht fertig. Das sehe ich, als Charlie mir mit dem Hufkratzer zuwinkt und wortlos auf Mottes Hufe zeigt.
„Aber die sind doch gar nicht dreckig!“, protestiere ich.
„Sie könnte sich ein Steinchen eingetreten haben“, erwidert Charlie, und ihr Blick ist dabei so unnachgiebig wie der meiner alten Handarbeitslehrerin, als ich mich in der dritten Klasse geweigert habe, Kreuzstiche auf ein Taschentuch zu sticken. Ich meine, wer benutzt bitte heutzutage noch handbestickte Taschentücher, wo es doch Tempos gibt?
„Die Hufe werden nach jedem Ritt kontrolliert“, mischt Hella sich ein. „Oder läufst du gerne mit Steinchen in deinen Schuhen herum?“
„Nö, eigentlich nicht“, gebe ich zu und knirsche leise mit den Zähnen. Kein Zweifel, diese Pferdeamazonen sind tausendmal schlimmer als meine alte Handarbeitslehrerin!
Ich nehme den Hufkratzer und bücke mich, wie ich es vor der Reitstunde bei Charlie gesehen habe.
„Gib Pfötchen“, sage ich freundlich und tippe dabei vorsichtig gegen Mottes Bein.
Charlie prustet laut los.
„Bitte, liebe Motte“, sage ich zu Motte, ohne auf Charlies Gepruste zu achten.

Ich spüre ganz deutlich, wie Motte ihr Gewicht verlagert, und zwar genau auf das Bein, das sie eigentlich hochheben soll. Spitze! Könnte es möglich sein, dass dieses Pferd vielleicht nur Isländisch versteht? Aber was heißt „Gib Pfötchen“ und „Bitte“ auf Isländisch? Kann mir jemand helfen? Ich hab gerade kein Wörterbuch dabei!
Hella erbarmt sich. Ganz ohne deutsch-isländisches Wörterbuch lehnt sie sich gegen Mottes Schulter, umfasst das Vorderbein mit einer Hand und sagt laut und energisch: „Fuß!“
Schwups steht Motte nur noch auf drei Beinen da. Das vierte ruht in Hellas Hand, die mir den Hufkratzer abnimmt und mir zeigt, wie man den Strahl sauber macht.

„Der Strahl ist diese spitz zulaufende Furche hier im Huf“, erklärt sie mir. „Wenn sie sich da was reintritt, tut es sehr weh und kann schlimme Folgen haben.“
Dass ich die übrigen drei Hufe dann fast ganz alleine sauber mache, erfüllt mich mit Stolz. Okay, Hella hält Mottes Bein fest, während ich kratze, aber trotzdem …
Endlich sind wir fertig. Motte dreht mir ihren Kopf zu. Dann gähnt sie und blinzelt mich so verschlafen an, als hätte sie in der Zwischenzeit einen wunderschönen Traum gehabt.

Ich achte gar nicht auf sie. „Gut Ding will Weile haben“, sagt Oma Li immer, wenn irgendwas mal etwas länger dauert. Da ist was dran.

Mein einziger Trost ist, dass sich die anderen mindestens genauso dusselig anstellen wie ich. Die beiden älteren Mädchen, sie heißen Kristina und Celine, wie ich inzwischen weiß, haben leuchtend rote Radieschenköpfe vor Anstrengung. Und die beiden Frauen, Calma und Hedwig, sehen aus, als würden sie am liebsten jeden Augenblick anfangen zu heulen. Kein Wunder.

Irgendwann sind wir endlich erlöst, und die Pferde dürfen auf die Weide, eine kleine umzäunte Koppel hinter der Reithalle. Wir führen sie am Halfter nacheinander durch das Gatter. Auf der anderen Seite öffnen wir die Panikhaken.

Ohne sich von uns zu verabschieden, traben sie sofort auf und davon. Motte zeigt mir ihr rundes Hinterteil und buckelt wie ein Rodeopferd. So viel Temperament hätte ich ihr gar nicht zugetraut. Oder ist sie einfach nur froh, mich los zu sein?

„Wunderbarchen!“, freut Hella sich. „Wir sehen uns nächste Woche, ihr Lieben!“

Sie schüttelt uns nacheinander die Hand und winkt in die Runde. Auch Charlie verabschiedet sich. Ebenso

Kristina, Celine, Calma und Hedwig. Ich bleibe am Zaun stehen. Irgendwie mag ich noch nicht weg, obwohl mir der Hintern wehtut und mein Magen so laut knurrt, als hätte ich das letzte Mal vor drei Tagen feste Nahrung zu mir genommen.

Mein Blick klebt an Motte, die inzwischen mit der Buckelei aufgehört hat. Mit gesenktem Kopf schnuffelt sie durchs Gras, rupft mal hier und zupft mal da und kaut mit vollen Backen. Ich kann das Geräusch hören, das ihre Zähne und ihr Kiefer machen. Als ich meine Arme auf das Gatter lege und mein Kinn aufstütze, hebt sie den Kopf und schaut mich nachdenklich an. Eine Butterblume hängt ihr seitlich aus dem Maul.

Ich pflücke ein Büschel Klee und versuche, sie anzulocken. Tatsächlich kommt sie angeschlendert und frisst mir den Klee mit weichen Lippen aus der Hand. Ich streichle ihr über die dicke Mähne und sage: „Tschüss, du Mottepferd. Bis bald!“

Sie schüttelt ihre dicke Mähne und niest, bevor sie sich umdreht und langsam davontrottet.

Kapitel 6,

in dem Motte und ich ein Palindrom finden.

Beim Abendessen muss ich haarklein berichten, wie meine erste Reitstunde war. Sogar Papa kommt vorbei und setzt sich zu uns an den Küchentisch. Er klaut mir ein Radieschen vom Teller und guckt mich neugierig an.

„Wie war's?", will er wissen. „Erzähl doch mal, Lottchen!"

Ich mümmele in aller Seelenruhe mein Tomaten-Frischkäse-Radieschenbrot. Dass ich Muskelkater in den Beinen hab und mir mein Hinterteil von der ganzen Reiterei ziemlich wehtut, erwähne ich nicht.

Stattdessen sage ich langsam: „Mmh … War eigentlich ganz in Ordnung irgendwie."

Oma Li verdreht die Augen in Richtung Küchenlampe und schimpft: „Das ist doch keine Antwort, Lotte!"

Papa grinst.

„Willst du denn weitermachen?“, bohrt Mama.
Ich beiße noch einmal von meinem Brot ab und nicke bedächtig. „Ich glaub schon.“ Aber nur, wenn mein Hintern bis dahin eine Hornhaut hat, füge ich im Stillen hinzu. Sonst stopfe ich mir vor der nächsten Reitstunde ein dickes Kissen hinten in die Hose. Ich schwör's!
Mama freut sich.
Papa verschwindet kurz im Flur und kommt mit einer Tüte zurück.
„Dann ist das hier bestimmt genau das Richtige für dich. Mama hat gemeint, du könntest es brauchen.“ Er macht die Tüte auf und holt einen Reithelm heraus. Einen echt coolen, mit Kinnschutz und allem Drum und Dran.
„Wow! Kann ich den gleich mal aufsetzen?“
„Klar!“ Papa reicht mir den Helm.
Ich flitze vor den großen Spiegel im Flur und stülpe mir die ungewohnte Kopfbedeckung über die Haare. Der Reithelm passt wie angegossen, nur den Kinnriemen muss ich ein bisschen enger stellen. Anschließend betrachte ich mich von allen Seiten und bin echt zufrieden mit dem, was ich sehe. Das ist doch wirklich was anderes als mein oller Fahrradhelm! Was Motte wohl sagt, wenn sie mich so sieht? Bestimmt freut sie sich. Mit dem schwarzen Ding seh ich fast wie eine richtige Reiterin

aus. Und wenn ich demnächst keine Reiterin mehr bin (nach meinen fünf Gratis-Schnupperstunden nämlich), kann ich ihn zur Not bunt übersprayen und als Skateboardhelm benutzen.
Das findet Mama auch, als sie mich bewundert.
„Wenn dir der Schnupperkurs Spaß macht“, meint Papa, „und du danach weiterreiten möchtest, reden wir über den Rest der Ausrüstung. Reithose, Stiefel, alles, was du so brauchst.“
„Ich beteilige mich natürlich“, sagt Oma Li. „An gesunder Bewegung, guter Körperhaltung und anständiger Ausrüstung sollte man nicht sparen. Das ist eine Investition in die Zukunft!“
Zukunft, aha … Dass meine Zukunft ganz sicher nicht auf dem Rücken eines schaukelnden Tieres mit Schweif hinten und Mähne vorne liegen wird, behalte ich für mich. Meine Familie sieht so glücklich aus. Das möchte ich auf keinen Fall zerstören.
Papa bekommt einen Kuss von mir. Mama und Oma auch.
Und dann laufe ich in mein Zimmer. Ich muss unbedingt wissen, wie das tragische Pferdebuch weitergeht, das Mama mir geliehen hat. Hoffentlich wird Gundi bald gesund und darf ihr Lieblingspferd wiedersehen!

Ich werfe mich auf mein Bett, schlage das Buch an der richtigen Stelle auf und merke dabei gar nicht, dass ich den Reithelm noch aufhabe.

In der Schule hat sich die Aufregung über die neue Reitschule ein bisschen gelegt. Aber wirklich nur ein bisschen. Die Gruppe der Ultra-Pferdemädchen kennt nach wie vor kein anderes Thema. In jeder Pause versammeln sie sich in einer Ecke des Schulhofs, um die Vorzüge und Nachteile des einen oder anderen Schulpferds durchzuhecheln. Es lässt sich leider nicht vermeiden, dass ich hin und wieder etwas davon aufschnappe. Zum Beispiel haucht Larissa mit dramatisch verdrehten Augen, was für *superweiche* Gänge Bonito hat, wie *superseidig* Sentas Mähne ist oder wie *supersüß* sie Billis Schnippe auf der Nase findet.
Kantige Kardätsche! Noch ein einziges *Super* von ihr, und mir wird schlecht!
In Deutsch erklärt uns Frau Reimann, was ein Palindrom ist, nämlich eine Buchstabenkette, die man vorwärts wie rückwärts lesen kann. Das funktioniert mit einzelnen Wörtern und mit ganzen Sätzen, behauptet sie.

„Regal", schreibt sie an die Tafel und gleich dahinter: „Lager."

„Und das kann man auch mit ganzen Sätzen machen", meint sie dann. „Überlegt mal, ob euch etwas einfällt!"

Die Klasse versinkt in stummes bis überfordertes Grübeln, bis auf Max, der leise vor sich hin schnarcht.

„Na?", sagt Frau Reimann. „Gibt es irgendwelche Vorschläge?"

Larissa meldet sich: „Mein puscheliges rosa Kaninchen hoppelt lustig über den grasgrünen Klee."

In der Klasse ist es mucksmäuschenstill. Sogar Max hört auf zu schnarchen. Er hebt den Kopf und grunzt verwirrt: „Hä?"

Ausnahmsweise stimme ich ihm zu. „Wie soll man das denn rückwärts sagen?", frage ich. „Das ergibt doch gar keinen Sinn!"

Larissa wird knallrot. „Über den grasgrünen Klee hoppelt mein puscheliges rosa Kaninchen lustig", faucht sie und schmollt.

„Ähm, das ist kein Palindrom", wagt Frau Reimann einzuwenden. „Da hat Lotte schon Recht."

Larissa schießt mit den Augen kleine Giftpfeile in meine Richtung.

„Trug Tim eine so helle Hose nie mit Gurt?", meldet sich

Lukas. Er ist unser Oberstreber und ein Jahr jünger als wir alle, weil er hochbegabt ist und deshalb früher eingeschult wurde. Aber eigentlich ist er ganz nett.
Frau Reimann ist begeistert. „Ja, super, ganz großartig, Lukas!“
Max legt den Kopf auf den Tisch zurück und schnarcht weiter.
Frau Reimann schreibt noch ein paar Wortpalindrome an die Tafel: Nebel – Leben; Rebe – Eber; Gras – Sarg. Als Hausaufgabe sollen wir versuchen, uns einen Satz auszudenken, den man vorwärts wie rückwärts lesen kann.
Knickrige Knallschote, wenn’s weiter nichts ist, denke ich. Das ist doch ein Klacks!

Am Nachmittag sitze ich bei Motte im Gras, und mein Gehirn produziert viele kleine Rauchwölkchen. Natürlich nur symbolische und keine echten, ist klar. Wäre ja sonst viel zu gefährlich, mit all dem Heu und Stroh rundherum.
Die Pferde und Ponys stehen draußen auf der Weide. Hella und zwei andere Amazonen werkeln im Stall. Ich

höre sie hämmern und sägen und ab und zu laut lachen.

„Buckliges Dromedar“, fluche ich leise. „Diese dämlichen Palindrome haben's echt in sich!“

Heute ist keine Reitstunde, sondern Ruhetag im Stall. Ich bin trotzdem zu Motte gefahren, weil … weil … ja, wieso eigentlich?

Grund 1: Zu Hause war's zu langweilig.

Grund 2: Titus und Rudi haben heute keine Zeit zum Skaten.

Grund 3: Gundi, das Mädchen aus Mamas Buch, hat ihre Hausaufgaben immer bei ihrem Lieblingspferd gemacht.

Grund 4: Ich wollte mal ausprobieren, wie das so ist.

Das Ergebnis: Es ist saugemüüütlich mit drei ü! Jedenfalls, nachdem ich Motte davon überzeugen konnte, dass mein Deutschheft nicht essbar ist. Leider fehlt jetzt die Hälfte von dem rosafarbenen Löschblatt, weil sie unbedingt eine Geschmacksprobe nehmen musste. Aber wer braucht schon rosa Löschblätter?

Während ich grübele, döst Motte neben mir mit halb geschlossenen Augen. Nur ihre Unterlippe flappt ein bisschen, sonst ist alles an ihr total entspannt. Ihr Kopf hängt runter, ihre Ohren baumeln, und ab und zu schlägt sie halbautomatisch mit dem Schweif nach einer Fliege.

Pferde dösen gerne, glaub ich. Aber was sollen sie sonst auch machen, wenn sie ihren freien Tag haben? Karten spielen? Geht schlecht mit Hufen.

„Ach, Motte", sage ich zu Motte, und sie spitzt ein Ohr in meine Richtung. „Hilf mir doch mal!"

„Pruust", macht sie, aber das bringt mich auch nicht weiter.

Mein Blick fällt auf das windschiefe Regal, das außen an der Stallwand angebracht ist. Dosen mit Sattelseife, Lederfett und Huföl stehen griffbereit nebeneinander.

Regal, Regal …

„Regal ist ein Palindrom", sage ich zu Motte. „Umgekehrt heißt es Lager."

Sie blinzelt mir zu und prustet noch einmal. Ihre Augen sind plötzlich hellwach, und es sieht fast so aus, als würde sie nachdenken. Genau wie ich.

Während Motte ein Grasbüschel abrupft und kaut, überlege ich, was ich zum Mittag gegessen habe.

„Pfannkuchen mit Ahornsirup …", murmele ich. „Sirup."

Motte stupst mich mit ihrer weichen Nase an. Zuerst denke ich, sie möchte vielleicht noch ein Stück Löschpa-

pier, aber das interessiert sie nicht. Sie gibt mir noch einen Stups, und endlich fällt bei mir der Groschen.
„Regal mit Sirup pur ist im Lager!“, rufe ich. „Das ist es! Juhu!“
Ich kritzele den Satz schnell in mein Heft, bevor ich ihn wieder vergesse, und probiere ihn aus. Ich lese ihn vorwärts und rückwärts und noch mal vorwärts. Es funktioniert! Ich hab ein Palindrom gefunden! Und Motte hat mir geholfen!
„Du bist ein schlaues kleines Pferd“, sage ich zu ihr und kraule sie unter der Mähne, wo sie ganz warm und weich ist und so gut duftet. Wie eine Wiese im Sommer.
Motte nickt energisch und runzelt dabei die Oberlippe, als würde sie lachen.
Leider hab ich meine Mathesachen nicht dabei, sonst könnte sie mir auch noch bei den blöden Textaufgaben helfen, die wir aufhaben, aber das wäre vielleicht doch ein bisschen zu viel verlangt von einem Pferd.
Das scheint Motte auch zu finden. Sie dreht sich um und schlendert leise brummelnd davon.
Zufrieden mit mir, dem Nachmittag und meinem Palindrom packe ich meine Sachen und mache mich auf den Nachhauseweg. Wenn ich Glück hab, wartet im Kühlschrank noch ein kalter Pfannkuchen auf mich.

Kapitel 7

Potzblitz und Donnerschlag!

In der übernächsten Reitstunde klappt es mit der Reiterei schon besser. Hella findet das auch. Sie hat zweimal hintereinander *supi* und einmal *wunderbarchen* gesagt, als ich Motte aufgezäumt habe. Sogar die Hufe hab ich ausgekratzt! Okay, bis auf den einen hinten links, den Motte mir partout nicht geben wollte. Aber dafür brauche ich beim Aufsteigen kaum noch Hilfe, sondern bin fast ganz alleine raufgekommen, obwohl Motte mir heute irgendwie größer vorkommt als sonst. Woran das wohl liegt? Sie ist acht Jahre alt, das steht auf der Tafel mit ihrem Stammbaum, die im Stall hängt. Wachsen achtjährige Pferde noch? Über Nacht? Ich hab keinen blassen Schimmer …

Hella steht in der Mitte der Reitbahn (die übrigens Viereck genannt wird; logisch, sie hat ja auch vier Ecken) und gibt die Kommandos. Das bedeutet, dass sie uns und den Pferden sagt, was wir tun sollen. Aber irgendwie hört ihr heute keiner richtig zu. Unsere kleine Abteilung latscht lustlos um sie herum.

Es ist der heißeste Tag des Jahres, hat der Radiosprecher am Morgen gesagt, und ich glaube ihm aufs Wort. Die Luft ist so schwül, dass man sie wie eine Banane in dicke Scheiben schneiden könnte. Am Himmel ist kein einziges Wölkchen zu sehen. Ich stöhne leise vor mich hin. Mein T-Shirt klebt an meinem Rücken, und unter dem Reithelm sammelt sich der Schweiß. Alles kribbelt und juckt wie verrückt.

Auch die Pferde scheinen das Wetter nicht zu mögen. Sie schleichen mit tief hängenden Köpfen über den Platz und schlagen dazu müde mit ihren Schweifen, um Fliegen und Mücken zu verscheuchen.

Motte lässt die Ohren baumeln und stolpert fast über ihre eigenen Hufe, weil sie so schlurft.

„Meine Güte!“, ruft Hella. Sie hat einen großen Strohhut auf dem Kopf, der am Rand total ausgefranst ist. Es sieht aus, als hätte ein Pferd die Hutkrempe rundherum angeknabbert, was durchaus möglich sein könnte.

„Was seid ihr nur für Trödelbacken!“, schimpft sie mit uns. „Abteilung Teerrab, wenn ich bitten darf!“

Ich muss gar nichts weiter machen. Als braves Schulpferd kennt Motte alle Reitlehrerinnenkommandos im

Schlaf und trabt von ganz alleine los, sobald sie das passende Wort hört. Ich muss mich eigentlich nur noch darauf konzentrieren, mich irgendwo festzuhalten. Damit hab ich mehr als genug zu tun, das könnt ihr mir glauben.

„Kopf hoch, Rücken gerade, Schultern zurück!", verlangt Hella von mir, alles gleichzeitig. Dazu noch: „Arme an den Körper und Hacken runter!"

Heilige Heuschrecke, ich zerschmelze gleich!

Auf einem Sandweg, der rund um die Reitschule Pegasus führt, galoppieren die fortgeschrittenen Mädchen vorbei.

Motte spitzt die Ohren und wiehert, als sie die anderen Pferde sieht.

Charlie reitet auf Aladdin, dem Turbo-Schimmel aus der Werbeanzeige. Larissa aus meiner Klasse hoppelt auf dem wilden Dino hinter ihr her.

Als Dino auf einmal einen Bocksprung macht, bin ich ziemlich froh, dass Motte so eine kleine Schnarchnase ist, die sich niemals freiwillig schneller bewegt als unbedingt nötig.

„Abteilung Scheeeritt!", ruft Hella. Sie nimmt ihren Hut ab und benutzt ihn als Fächer. „Ich glaub, da braut sich was zusammen."

Sie zeigt auf den Himmel über dem Park. Er sieht düster, aschgrau und ziemlich bedrohlich aus. Dicke Wolken bauschen sich zusammen. Gleichzeitig kommt ein leichter Wind auf.
„Es regnet!“, ruft Celine.
Stimmt. Schon fallen die ersten Tropfen in den Staub. In der Ferne grummelt es. Der Himmel wird immer dunkler. Über den Bäumen türmen sich finstere Gewitterwolken. Der Wind wird stärker und pustet plötzlich in heftigen Böen über den Reitplatz.
Motte macht ein paar Trippelschritte seitwärts, als wäre sie beim Pferdeballett.
„Abteilung rechts um – Marsch!“, ruft Hella. „Abteilung – Haalt! Wir machen lieber Schluss für heute!“
Erleichtert reiten wir in die Mitte des Vierecks, stellen uns nebeneinander auf und halten an.
„Pferde loben und absitzen“, sagt Hella. „Sattelt ab, bringt die Pferde auf die Koppel und kommt in den Stall, bevor ihr nass werdet. Der Letzte macht bitte das Gatter zu.“
In Windeseile führe ich Motte auf die Koppel und nehme ihr den Sattel und das Zaumzeug ab. Sie dreht sich ohne zu zögern um und trabt mit den anderen Pferden davon.

Auch die Fortgeschrittenen haben ihre Reitstunde beendet und satteln ab. Larissa führt Dino als Letztes durch das Gatter und gibt ihm einen Klaps auf den Hals. Er rollt mit den Augen, als es blitzt. Dann stürmt er wild wiehernd hinter Motte her.

Als der erste Donner kracht, laufen wir zum Stall. Dicke Regentropfen ploppen auf meinen Reithelm.

„Hast du das Gatter zugemacht, Larissa?", fragt Hella und schüttelt ihren Strohhut aus.

Larissa wird knallrot.

„Ich d-dachte ...", fängt sie verlegen an zu stammeln, da laufe ich schon los. Quer über den Hof und durch die Pfützen, ohne großartig nachzudenken oder auf Blitz und Donner zu achten. Dabei hab ich eigentlich Schiss vor Gewitter, aber daran denke ich gerade überhaupt nicht. Ich denke nur an Motte.

Das Gatter steht sperrangelweit offen, das sehe ich auf den ersten Blick. Aber die Pferde sind noch da, zum Glück! Dicht aneinandergedrängt stehen sie im Regen, mit tief hängenden Köpfen und Schweifen.

Ich knalle das Tor zu und schiebe den Riegel davor. Motte hebt kurz den Kopf und spitzt die Ohren. Ich winke ihr zu und flitze schnell zurück.

Auf halbem Weg kommt Hella mir entgegen, den zer-

fransten Strohhut mit beiden Händen auf den Kopf gepresst. „Alles klärchen?“, ruft sie.
Ich nicke.
„Wunderbarchen, vielen Dank!“
Im Stall nehme ich meinen Reithelm ab und schüttele mich wie ein Pudel. Hella spendiert eine Runde Holundersaft. Draußen kracht es jetzt richtig. Es blitzt und donnert fast ohne Pause. Mann, bin ich froh, kein Pferd zu sein und da draußen zu stehen!
Zum Glück zieht das Gewitter so schnell weiter, wie es gekommen ist. Der Regen wird weniger, bis es schließlich nur noch dröppelt. In einer Pfütze baden drei dicke Spatzen und tschilpen vor sich hin. Auf der Koppel fangen die Pferde an zu grasen, als wenn nichts gewesen wäre.
Hella verspricht uns, dass wir die angebrochene Reitstunde so bald wie möglich nachholen. Cool. Aber jetzt will ich erst mal in den Park. Wenn die Skateboardbahn nass ist, flutschen die Rollen nämlich besonders gut.
Und kaum sind die Wolken weg, kommt auch die Sonne wieder zum Vorschein. Es ist warm, aber zum Glück nicht mehr so schwül, und im Park herrscht ziemlich viel Betrieb. Natürlich sind Titus und Rudi auch da. Und Krümel. Sie dreht mit ihren pinkfarbenen Inlineskates ver-

träumte Pirouetten zwischen all den Skateboards, vollkommen unbeeindruckt davon, dass die Jungs um sie herum alle ungefähr zwei Köpfe größer sind als sie und sie außerdem die Einzige ohne Skateboard ist.
Ich winke ihr zu, dann klatsche ich Titus und Rudi ab, die gerade eine Pause machen.
„Schon gehört?" Titus hat ein verwaschenes T-Shirt mit gekreuzten Knochen und abgeschnittenen Ärmeln an. „Bei Hop 'n' Roll gibt's diese Woche Thunderstruck-Rollen im Sonderangebot. Wolltest du dir nicht mal neue kaufen?"

„Hm, stimmt." Ich nicke vage. Und Griptape und ein neues Lenkgummi auch, füge ich im Stillen hinzu. Der rutschfeste Belag auf meinem Board, den man Griptape nennt, ist schon ziemlich dünn und abgewetzt. Und der Gummipuffer über der vorderen Achse, zu dem Skateboarder Lenkgummi sagen, sieht ein bisschen so aus, als hätte ein Meerschweinchen daran geknabbert. Wenn nur mein Sparschwein nicht so leer wäre!
„Wenn du willst, kannste morgen mitkommen", schlägt Rudi vor. „Wir holen uns nach der Schule auf jeden Fall welche, bevor die alle weg sind."
„Was kosten die denn?", frage ich ihn.
„Neunundzwanzischneunzisch", nuschelt Rudi. Obwohl

er wegen seiner Zahnspange eigentlich nicht naschen soll, hat er sich ein Bounty zwischen die Kiemen geschoben und mümmelt mit vollen Backen. „Echt krasch billig. Schonscht koschten die dasch Doppelte. Mindeschtensch!"

„Ja, ich weiß", seufze ich. „Aber immer noch ganz schön teuer. Dann kann ich mir das neue Griptape und das Lenkgummi von der Backe putzen."

„Tape kannst du von mir haben", meint Titus. „Ich hab noch welches liegen." Er betrachtet mein Brett, fährt mit dem Finger über die abgewetzten Rollen und stellt fest: „Die gehen noch ein Weilchen. Locker, ey."

Ich grinse ihn erleichtert an. Titus versteht eine Menge von Skateboards. Wenn der sagt, das geht noch, dann ist das auch so. Darauf kann man sich verlassen. Also muss ich zuerst mal nur ein Lenkgummi kaufen.

Wir verabreden uns für den nächsten Tag nach der Schule am Hauptbahnhof. Der Skateboardladen Hop 'n' Roll ist da ganz in der Nähe. Dann werfen wir unsere Bretter auf die Bahn und düsen los. Über uns lacht die Sonne, und der Sommerwind pustet mir ins Gesicht. Ich bin mit meinen besten Freunden zusammen und spüre den rauen Asphalt unter mir. Kann es etwas Schöneres geben?

Kapitel 8,

in dem ich mich mit Max zoffe und mit Motte ausreiten darf.

Irgendwie vergeht die Zeit unglaublich schnell. Manchmal würde ich sie gerne anhalten. Um schöne Augenblicke festzuhalten zum Beispiel. Aber dann bin ich auch wieder froh, wenn die Uhr in bestimmten Situationen fix weitertickt.

Nachdem ich mein allerletztes Taschengeld in ein neues Lenkgummi investiert habe, bin ich pleite wie sonst was. Dafür sieht mein Board fast wie neu und ziemlich cool aus, seit Titus es mit seinem Totenkopf-Tape beklebt hat.

Leider komme ich nicht viel zum Skaten. In der Schule hat es sich herumgesprochen, dass in ein paar Wochen die Herbstferien anfangen, und natürlich flippen die Lehrer aus, weil wir vorher noch ziemlich viele Tests schreiben müssen.

Und dann ist plötzlich auch noch der Tag meiner letzten Gratis-Reitstunde da, und gleichzeitig hab ich einen tierischen Streit mit Max Müller. Ich weiß eigentlich gar nicht, wer angefangen hat und warum überhaupt.
„Pferde sind scheiße!", motzt Max mich an. Sein Gesicht ist knallrot und verzerrt, als wäre es aus Kaugummi.
„Sind sie nicht!", blaffe ich zurück.
„Die stinken!"
„Tun sie nicht!"
Auf dem Schulhof ist es mucksmäuschenstill. Max und ich stehen uns so dicht gegenüber, dass unsere Nasenspitzen sich fast berühren. Die anderen stehen in einem Halbkreis um uns herum und halten die Luft an.
Logo, so ein schöner Schulhofstreit am Vormittag bringt mal ein bisschen Leben in den tristen Alltag. Nur bin ich gar nicht gern die Hauptperson bei solchen Veranstaltungen. Aber jetzt ist es zu spät. Da muss ich durch. Ich balle meine Hände zu Fäusten.
„Du hast doch überhaupt keine Ahnung!", zische ich Max zu.
„Aber du natürlich, was?", grunzt er. „Du eingebildete Ziege weißt doch sowieso immer alles besser!"
Ich schnaube vor Wut. Am liebsten würde ich ihm eine scheuern oder einen von meinen Judogriffen an ihm

ausprobieren, aber das geht nicht. Frau Dinselmeier, unsere Klassenlehrerin, hat Pausenaufsicht, und die macht immer gleich Stress, wenn's ums Schlagen oder um Judogriffe geht. Ein Wunder, dass sie noch nicht gemerkt hat, was hier vor sich geht.

Ich schnaube noch einmal. Was ist eigentlich los? Wieso hackt Max auf mir rum? Ständig stänkert er rum, in einer Tour und immer gegen mich! Dass er Pferde nicht leiden kann, ist doch nicht mein Problem, oder?

„Pferde sind ätzend", sagt er mit einem fiesen Grinsen. „Und sie stinken zum Himmel. Genau wie du!"

Es gongt zur Stunde. Er dreht sich um und lässt mich einfach stehen.

„Mach dir nichts draus." Greta legt einen Arm um mich. „Du weißt doch, wie Jungs sind."

Wir gehen in die Klasse und hocken uns auf unsere Plätze. Meine Fäuste sind immer noch geballt. Zum Glück sitzt Max ganz hinten. Schön weit weg von mir. Das ist zwar leider nicht so weit wie die Entfernung zwischen Dänemark und Papua-Neuguinea, aber immerhin etwas.

„Findest du eigentlich auch, dass Pferde stinken?", frage ich Greta leise, als ich mein Federmäppchen aus dem Rucksack hole und auf den Tisch werfe.

Sie verzieht den Mund.
„Na ja“, gibt sie schließlich zu. „Ein bisschen schon.“
Ich lasse mein Lineal fallen. „Echt?“
Greta nickt.
Als Frau Dinselmeier in die Klasse kommt, verstummt das Getuschel.
„Holt bitte eure Hefte und Bücher raus“, sagt sie. „Lotte, das gilt auch für dich!“

Nachdenklich gehe ich nach der Schule zur Bushaltestelle. Mag Max wirklich keine Pferde? Oder sagt er das nur, um mich zu ärgern?
Wobei es mir ja ein bisschen ähnlich ging, bevor ich das erste Mal auf Motte geritten bin, fällt mir ein. Wenn Max vielleicht mal ein Pferd persönlich kennenlernen würde – so wie ich Motte –, würde er seine Meinung möglicherweise ändern. So was nennt man Aha-Erlebnis, glaube ich.
Ich bin so in meine Gedanken vertieft, dass ich gar nicht merke, dass Max mit verschränkten Armen vor der Haltestelle steht, als würde er nur auf mich warten.
„Hey!“, bellt er. „Stinke-Lotte!“

Er macht ein paar Schritte auf mich zu und stellt sich mir drohend in den Weg. Um ein Haar wäre ich gegen ihn geprallt. Sofort hält er sich die Nase zu und verdreht die Augen.

„Örks, du stinkst nach Pferdemist!“, sagt er und würgt, als müsste er jeden Moment kotzen. „Voll abartig!“

Ein paar Kinder lachen. Die anderen gucken schnell weg.

„Hör auf! Lass mich in Ruhe!“ Meine Stimme krächzt ein bisschen. Max ist zwar nicht viel größer als ich, aber er ist ganz bestimmt stärker. Und so auf die Schnelle fallen mir Papas Judogriffe plötzlich nicht mehr ein.

„Und wenn ich dich nicht in Ruhe lasse, Stinke-Lotte?“, lauert Max. „Was machst du dann? Kommen dann deine bescheuerten Pferde, um dir zu helfen?“

Ich kann mir ein Grinsen nicht verkneifen. Die Vorstellung, Motte könnte um die Ecke galoppiert kommen und Max mal so richtig in den Hintern treten, gefällt mir ausgesprochen gut!

„Was gibt’s da zu grinsen?“, fragt er misstrauisch.

Zum Glück kommt genau in diesem Augenblick unser Bus. Ich drängele mich blitzschnell an Max und den anderen vorbei, halte dem Fahrer meine Monatskarte unter die Nase und stürme die Stufen hinauf aufs Oberdeck.

Als ich mich auf einen freien Platz plumpsen lasse, schneide ich Max eine Grimasse. Neben mir sitzt ein Typ mit breiten Schultern, dicken Muskeln und einem so finsteren Gesichtsausdruck, als hätte er seit zehn Tagen keinen Pudding mehr zum Nachtisch bekommen.

Ich kenne den Typen. Er heißt Gerwin, wohnt zwei Straßen weiter und ist unheimlich nett, auch wenn er nicht so aussieht. Er hat mir mal geholfen, als mir eine Einkaufstüte geplatzt ist und alles über den Gehweg gekullert ist.

Gerwin nickt mir zu und grinst. Bestimmt kann der ein Klavier, ein Shetlandpony, eine Kommode, einen Schulatlas und eine Waschmaschine hochheben, denke ich. Und zwar alles gleichzeitig. So halbe Portionen wie Max pustet der mit einem einzigen Atemzug aus den Socken. Wetten?

Ich strahle ihn an und sage: „Hi! Alles klar?"

„Jepp!", macht Gerwin und wackelt ein bisschen mit seinen tätowierten Muskeln.

Max schleicht an uns vorbei und setzt sich kleinlaut neben einen verschrumpelten Opa, der einen beigen Pudel in einem Einkaufskorb auf dem Schoß balanciert. Der Pudel zieht die Oberlippe hoch und knurrt.

Dumm gelaufen, Müller!, denke ich zufrieden.

Als ich am Nachmittag auf meinem Skateboard zur Reitschule rolle, hab ich den Streit mit Max fast vergessen. Die Sonne scheint, und ich freue mich auf die Pferde. Ganz besonders auf Motte natürlich. Heute ist die letzte der fünf Schnupperstunden. Ein bisschen komisch fühlt sich das an. Ich hab in Metins Gemüseladen an der Ecke ein Bund Mohrrüben gekauft. Als Abschiedsgeschenk für Motte.

Während ich vor mich hin rolle, male ich mir aus, wie genial es wäre, wenn Motte mir gehören würde. Mama, Papa und Oma könnten sie klammheimlich kaufen und mir als Überraschung zu Weihnachten schenken. Dann würde sie mit einer roten Schleife um den Hals neben dem Tannenbaum stehen und Lebkuchen mampfen. Bestimmt mag Motte Lebkuchen.

Nur leider gibt's geschenkte Pferde nur in kitschigen Büchern und nicht im richtigen Leben. Schade eigentlich.

Ich seufze, als ich mit meinem Skateboard und den Möhren unter dem Arm über die holprigen Pflastersteine bis fast vor den Stall rattere. Oje, die Pferdeseuche!

Bin ich jetzt etwa auch schon eins von diesen gefühlsduseligen Pferdemädchen? So wie Larissa, die sich nichts sehnlicher wünscht, als ein eigenes Pferd zu haben? Nee, Blödsinn … Ich doch nicht!

„Hey!", ruft Charlie mir von weitem zu. „Beeil dich mal! Wir machen einen Ausritt! Du darfst mit!"

Mein Herz schlägt schneller. Ein Ausritt? Cool!

Ich lehne mein Skateboard gegen die Wand, werfe die Möhren daneben, laufe in den Stall und stelle mich vor das Schwarze Brett.

Mein Name steht ziemlich weit oben auf der Ausrittliste, und daneben –

„Motte!"

„Du hast es gut." Larissa ist nach mir in den Stall gekommen. „Immer kriegst du deinen Liebling."

„Wen reitest du denn?", frag ich sie.

Sie pustet sich eine Haarsträhne aus der Stirn und stöhnt. „Dino. Wen sonst?"

Auweia. Nicht umsonst trägt Dino den Spitznamen „Der wilde Dino". Obwohl er so groß und stark ist, ist er unheimlich schreckhaft, scheut vor den albernsten Dingen wie Schmetterlingen, Spatzen und seinem eigenen Schatten und büxt auf Ausritten gerne mal aus. Hella gibt ihn deshalb nur den besten und sichersten Reitschülerinnen.

Ich versuche, Larissa aufzumuntern. „Du reitest doch schon so lange. Bestimmt kommst du gut mit ihm zurecht."
Sie verschwindet in der Sattelkammer. „Mir bleibt ja nix anderes übrig", höre ich sie brummen.
Ich nehme mir eine Putzkiste und schnappe Mottes Halfter vom Haken, dann laufe ich hinaus.
Hella wartet schon am Koppelzaun auf mich. Sie hat Motte am Schopf gepackt und hält sie fest.
„Wunderbarchen, dass du da bist!", begrüßt sie mich strahlend.
Ich stelle die Putzkiste ab und schlüpfe durch das Gatter. „Toll, dass ich mitreiten darf", strahle ich zurück. „Danke!"
Hella nickt mir zu. „Du hast schöne Fortschritte gemacht. Es wird Zeit, dass du mal etwas anderes kennenlernst als die Reitbahn."
Motte brummelt leise, als sie mich sieht, und schnobert an meinen Händen, ob ich ein Leckerli für sie habe. Ich lege ihr das Halfter an und führe sie zu den anderen Pferden auf den Putzplatz.
Wenig später stehe ich in einer dicken Staubwolke. Motte liebt es, gestriegelt zu werden, das weiß ich inzwischen. Nur am Bauch ist sie ein bisschen kitzelig. Sie

hebt den Huf, als ich der empfindlichen Stelle zu nahe komme, und warnt mich.
Hella geht herum und hilft beim Hufeauskratzen, beim Satteln und Aufzäumen. Ich setze meinen Reithelm auf. Ich freu mich auf den Ausritt und bin neugierig und aufgeregt zugleich. Wie das wohl ist, einfach so durch die Gegend zu reiten?
Als ich auf Mottes breitem Rücken sitze und ihr mit einer Hand die Schulter klopfe, werde ich ruhiger. Es fühlt sich an, als würde ihre Gelassenheit ein bisschen auf mich abfärben. Sie schüttelt ihre dicke Mähne und prustet. Und dann setzt sich die Abteilung ganz gemächlich in Bewegung.
Im Gänsemarsch verlassen wir die Reitschule. Immer schön ein Pferd hinter dem anderen, mit jeweils einer halben Pferdelänge Abstand dazwischen. Motte und ich bilden das Schlusslicht. Ich blinzele in die Sonne und fühle mich sauwohl.

Kapitel 9,

in dem Motte etwas fallen lässt.

Im versammelten Schritt trotten wir langsam durch den Park und an der Skateboardbahn vorbei. Rudi, Titus und Krümel rufen und winken mir zu. Ich winke fröhlich zurück.

Hinter dem Park beginnt ein kleiner Wald. Dahinter liegt eine schmale Straße mit hübschen Häuschen links und rechts. Man hat überhaupt nicht mehr das Gefühl, in der Stadt zu sein.

In den Vorgärten werden Hälse gereckt, als die Pferdehufe auf dem Asphalt klappern. Ich weiß ziemlich sicher, dass Max hier irgendwo wohnt, allerdings nicht, in welchem Haus.

„Dieser Vollpfosten!“, motze ich leise. Motte wackelt mit den Ohren und schnaubt.

Am Ende der Straße trabt die Abteilung an.

Ich weiß inzwischen, was ich tun muss, um Motte antraben zu lassen. Theoretisch jedenfalls. Ich muss die Zügel

etwas kürzer fassen, mich tief in den Sattel setzen, das Kreuz anspannen und die Schenkel anlegen. Und dann vielleicht noch ein bisschen mit der Zunge schnalzen und „Hopp, Mottchen! Teeerrab!“ sagen.
Wie gesagt, so ist der theoretische Ablauf. Nur leider hält Motte nicht viel von Theorie. Während die anderen loszuckeln und der Abstand zwischen ihnen und uns zwangsläufig immer größer wird, bleibt sie stehen und lässt in aller Ruhe ein paar Pferdeäpfel fallen. Und das ausgerechnet auf einer frisch geharkten Einfahrt, die aussieht, als hätte jemand die kleinen Kieselsteinchen von Hand poliert und einzeln mit Zirkel und Geodreieck ausgerichtet.
Ups!, denke ich. Die Leute, die hier wohnen, freuen sich bestimmt nicht besonders über frischen Pferdemist auf ihrer Luxus-Einfahrt.
Bilde ich es mir nur ein, oder hat der dritte Gartenzwerg von links gerade missbilligend sein rotes Näschen gerümpft?
Ich muss ein bisschen kichern. Bestimmt sieht es ziemlich blöd aus: ich auf einem Pferd, das gerade etwas fallen lässt.
Das scheint auch ein Anwohner zu finden, denn plötzlich höre ich einen empörten Schrei: „Das darf ja wohl

nicht wahr sein! Das bescheuerte Pferd kackt genau vor unser Haus! Manno, mein Opa und ich haben gerade alles geharkt!"

Motte und ich zucken erschrocken zusammen. Ich kenne die Stimme. Sie gehört Max Müller. Und er meint eindeutig uns. Jetzt müssen wir uns wirklich beeilen, um nicht den Anschluss an die Abteilung zu verlieren!

Ich versuche es noch einmal und treibe Motte energisch mit den Schenkeln vorwärts, wobei ich mir nicht verkneifen kann, über die Schulter zu rufen: „Pferdeäpfel bringen Glück!"

Hinter einer gepflegten Hecke, die aussieht, als hätte jemand sie erst vor kurzem mit einer Nagelschere in Form gebracht, taucht Max' Gesicht auf. Es ist knallrot vor Wut und noch hässlicher als sonst. Neben ihm steht ein älterer Herr, vermutlich sein Opa, und guckt verwirrt, als wäre er einer der Gartenzwerge.

„Lotte Blunck, du schon wieder! Na warte!", droht Max und schwenkt eine Harke über dem Kopf.

Warten? Ich denk ja gar nicht dran!

„Los, Motte!", rufe ich. „Komm in die Hufe! Nichts wie weg hier!"

Max umrundet die Hecke und will mich festhalten, aber Motte hat ihr Geschäft inzwischen beendet und trabt endlich los. Sie trippelt so schnell hinter den anderen Pferden her, als hätte sie plötzlich Sehnsucht nach ihnen.

Max greift ins Leere und flucht.

Ich drehe mich im Sattel um und winke ihm grinsend zu, als er mit einem Fuß in die frischen Pferdeäpfel tritt und ausrutscht. Wild mit beiden Armen rudernd versucht er noch, das Gleichgewicht zu halten. Leider vergeblich. Mit einem entsetzten Aufschrei landet er mitten in dem wunderschönen Motte-Haufen. Seine Harke fliegt in hohem Bogen durch die Luft und landet scheppernd auf der Straße.

Ich kann mich nicht länger beherrschen und pruste laut los.

„Achtung!", schreit auf einmal jemand von vorn. „Dino geht durch!"

Ich pariere Motte durch. Die Abteilung ist stehen geblieben. Ein Pferd scheut, ein anderes wiehert. Hella ruft etwas. Ich spüre, wie Motte sich unter mir anspannt und stocksteif wird.

Mit angelegten Ohren und weit aufgerissenen Augen stürmt Dino die Straße entlang. Seine Hufe schlagen hart auf den Asphalt. Ich kann sehen, dass Larissa sich nur mit großer Mühe im Sattel halten kann und verzweifelt

an den Zügeln zieht. Sie sieht wie eine Puppe aus, die man auf Dinos Rücken geschnallt hat.
Blitzartig fällt mir Max ein und die Tatsache, dass der wilde Dino haargenau auf ihn zustürmt und ihn platt planieren wird, wenn nichts dazwischenkommt. So schnell ich kann, wende ich Motte und trabe zurück.
Max hat sich inzwischen hochgerappelt. Er dreht mir den Rücken zu und klopft mit den Händen die schmutzige Jeans ab.
Ohne zu zögern lasse ich Mottes Zügel los, springe aus dem Sattel, packe Max am Kragen seines T-Shirts und hieve ihn von der Straße. Er ist viel zu verdattert, um zu protestieren.
Als ich mich wieder umdrehe, sehe ich, dass Motte quer auf der Fahrbahn steht.
„Nein!", rufe ich ihr zu. „Geh weg!"
Aber Motte bleibt stehen. Sie wendet dem heranstürmenden Dino den Kopf zu, bläht die Nüstern und wiehert schrill. Es klingt wie eine Warnung.
Dino stutzt und wird tatsächlich ein bisschen langsamer. Trotzdem halte ich die Luft an, kneife die Augen halb zu und warte darauf, dass die beiden Pferde zusammenprallen. Doch in allerletzter Sekunde gelingt es Larissa endlich, sich wieder aufzurichten. Sie hangelt sich in

den Sattel zurück, bekommt Dino in den Griff und bringt ihn zwei Millimeter vor Motte zum Stehen. Ich wette, zwischen die beiden Pferde würde kein Löschblattfitzel mehr passen. Das war echt knapp!

Larissas Augen sind riesengroß vor Schreck. Niemand sagt etwas. Dino schnaubt und tritt nervös auf der Stelle. Motte brummelt ihm beruhigend zu.

Larissa lässt sich aus dem Sattel gleiten und schlingt beide Arme um Dinos Hals, als müsse sie sich an ihm festhalten. Ihre Beine zittern. Meine auch.

„Boah, krass, ey!“, stößt Max hervor. „Das war voll der Hammer!“

Sein Opa steht zwischen den Gartenzwergen und schüttelt den Kopf. „So was“, höre ich ihn murmeln.

Ich werfe Max einen Blick zu und kann nur mit Mühe ein Grinsen unterdrücken. Er ist über und über mit Mottemist beschmiert.

Sein Opa hat sich inzwischen auf eine Gartenbank gesetzt, um das, was gerade passiert ist, zu verarbeiten. Das war ja fast wie Gratiskino. Bestimmt ist hier in der Gegend sonst nicht so viel los.

Motte macht den Hals lang und beschnuppert Max interessiert. Der tritt sofort einen großen Schritt zurück und hebt beide Hände.

Der hat ja Schiss!, denke ich erstaunt. Max Müller hat Schiss vor Pferden!

„Die tut dir nichts." Ich greife in Mottes Zügel und kraule sie unter der Mähne. „Wahrscheinlich will sie dir nur sagen, dass du eine Dusche brauchst. Du weißt doch: Pferde stinken!" Mit dem Finger zeige ich auf seine verschmierte Jeans. „Im Moment hast du ziemlich viel Pferd an dir."

Max starrt mich an, als würde er mich am liebsten auf der Stelle erwürgen.

Ich lache. Motte wirft den Kopf hoch und pustet ihm ihren warmen Atem ins Gesicht.

„Okay, okay", murmelt er. „Ich hab's kapiert. Ich nehm alles zurück."

Mit feuerroten Ohren verschwindet er hinter der Hecke und wenig später im Haus. Seine Harke lässt er liegen. Ich hebe sie auf und lehne sie vorsichtig gegen die Hecke. Max' Opa winkt mir freundlich zu. Vielleicht freut er sich über den frischen Pferdemist als Dünger für seinen Garten.

Ich gebe Motte einen Schmatzer auf die Nase. Sie reibt ihren dicken Kopf an meinem Bauch und sieht sehr zufrieden aus.

„Ich hab zwar noch nicht besonders viele Pferde kennengelernt“, sage ich zu ihr, „aber du bist garantiert das obercoolste Pferd der Welt!“

Endlich kommt Hella bei uns an. Sie ist total aus der Puste, aber die Erleichterung, dass nichts Schlimmes passiert ist, steht ihr ins Gesicht geschrieben.

„Du meine Güte!“, ruft sie. „Das ist ja gerade noch mal gut gegangen!“

Sie legt Larissa einen Arm um die Schultern und überzeugt sich davon, dass ihr nichts passiert ist. Auch Dino wird untersucht. Er hat ein Hufeisen verloren, aber das ist nicht so schlimm.

„Wenn wir es finden, nehmen wir es mit“, sagt Hella.
„Falls nicht, rufe ich morgen den Schmied an, und Dino bekommt ein neues.“

Larissa sieht sich um und entdeckt das Hufeisen. Es liegt mitten auf der Straße. Hella läuft hin und sammelt es auf.

„Das bringt Glück!“, meint sie und schenkt es Larissa.

„Genau wie die Pferdeäpfel“, lache ich und zeige auf Mottes Hinterlassenschaft.

Motte blinzelt vergnügt ins Sonnenlicht, das durch die Bäume fällt. Ich schnuppere an ihrer Mähne. Sie riecht so gut. Nach Gras und Heu. Und nach Motte natürlich.

„Ich mag dich", sage ich zu ihr, so leise, dass nur sie es hören kann.
Motte hebt den Kopf und mustert mich mit ihren dunklen Augen. Und dann schiebt sie mir ganz vorsichtig ihr Maul in die Hand und pustet hinein. Ich spüre ihren warmen Atem. Die feinen Tasthaare kitzeln, und ich muss mich schrecklich zusammenreißen, um nicht loszukichern. Plötzlich verstehe ich, was Hella gemeint hat. Glück ist wirklich wie eine weiche Pferdeschnauze. Genauso kitzelig, kribbelig, weich und warm. Einfach schön.

Ich muss grinsen. Motte auch. Jedenfalls sieht es für mich so aus. Und dann denke ich, dass bestimmt nur ganz besondere Pferde grinsen können. Solche mit kugelrunden Bäuchen und teddybraunem Fell. Solche wie Motte eben.
Ich sitze auf, klopfe Mottchen den Hals und reite mit ihr langsam hinter den anderen zum Stall zurück. Hella hat gesagt, dass sie uns auf den Schreck ein Eis spendieren will. Ich mag Eis. Aber Motte mag ich noch viel mehr. Das hab ich heute kapiert.

Kapitel 10,

in dem ich mir ein paar Gedanken über den Pferdevirus mache.

Als wir nach dem Ausritt die Pferde versorgt haben, fragt Hella mich, ob ich mich schon entschieden habe weiterzumachen.

„Womit?“, frage ich.

„Mit den Reitstunden“, sagt sie. „Heute war deine letzte. Bis zum Monatsende gelten noch unsere Willkommenspreise. Wenn du dich später anmeldest, wird es etwas teurer.“

Ich sitze mit den anderen auf einer langen Bank vor der Stalltür und schlecke mein Eis. Nebenan grasen die Pferde. Bevor ich mir ein Eis aus der Kühltruhe geholt hab, hab ich Motte mit den Möhren gefüttert. Sie hat sie mit Stumpf und Stiel verputzt.

Ihre Abschiedsmöhren, denke ich und seufze ein bisschen.

„Keine Ahnung“, antworte ich auf Hellas Frage. „Darüber hab ich mir noch gar keine Gedanken gemacht.“
Das stimmt natürlich nicht. Ich weiß, dass Celine, Calma und Hedwig aus meiner Schnuppergruppe auf jeden Fall weitermachen. Sie haben sogar schon einen Anfängerkurs gebucht. Nur Kristina nicht, weil ihre Eltern es nicht erlauben. Es ist ihnen zu teuer. Kristina ist deshalb ziemlich geknickt.
Charlie guckt mich an und grinst.
„Was gibt’s da groß zu überlegen?“, meint sie. „Du bist doch längst mit dem Virus infiziert!“

„Mit dem Virus?“ Ich knabbere das Waffelhörnchen auf und wische mir mit dem Handrücken die Krümel vom Mund.
„Na, mit dem Pferdevirus!“ Charlie lacht. Die anderen auch. Sogar Kristina zwingt sich zu einem Lächeln.
Blödsinn, denke ich. Pferdevirus … Ich doch nicht!
Ich zeige Charlie einen Vogel und werde ein bisschen rot.
„Ich muss zuerst meine Eltern fragen“, sage ich zu Hella, was nur zur Hälfte stimmt, denn wie inzwischen jeder weiß, sind meine Eltern sehr dafür, dass ich weiterreite. Nicht nur meine Eltern, auch meine Oma. Es geht nur noch um die Finanzierung. Und darum, ob ich will.

Will ich?

Ganz ehrlich: Ich weiß es nicht.

Ich meine, es ist längst nicht so einfach, wie es sich anhört.

Zum besseren Überblick hier mal ein paar Argumente dafür und dagegen. Pro und contra sozusagen.

Pro:

1. Ich mag Motte.

2. Reiten macht Spaß.

3. Ich mag Hella, die anderen Amazonen und die Mädchen aus dem Stall. Die meisten jedenfalls.

4. Ich mag Motte wirklich!!

Contra:

1. Ich bin kein Pferdemädchen!

2. Wenn ich regelmäßig reite, werde ich vielleicht eins.

3. Wenn ich ein Pferdemädchen werde und regelmäßig zum Reiten gehe, hab ich vielleicht bald keine Zeit mehr zum Skaten.

4. Reitstunden sind sauteuer. Selbst wenn Mama, Papa und Oma mir was dazugeben würden, würde mein ganzes Taschengeld dafür draufgehen.

5. Dann hätte ich keine Kohle mehr für dringend notwendigen Skateboardkram.

6. Ich kann mich einfach nicht entscheiden!!

Seht ihr? Es ist verdammt schwierig. Und die Gegenargumente überwiegen. Deshalb beschließe ich, noch ein bisschen darüber nachzudenken. Ganz in Ruhe und für mich.

Genau das sage ich auch Hella und den anderen: „Ich denk noch mal darüber nach und sag dir dann Bescheid, okay?“

Hella nickt, dann drückt sie mir ein Anmeldeformular in die Hand. „Vorsichtshalber“, sagt sie mit einem Augenzwinkern.

Ich falte den Zettel zusammen und schiebe ihn tief in meine Tasche.

„Lotte und Max, diese Woche seid ihr mit dem Teichdienst dran!“ Frau Dinselmeiers nervige Schrillstimme reißt mich unsanft aus meinem Nickerchen. Es ist Montagvormittag, der erste Tag einer weiteren sterbenslangweiligen Schulwoche, und außerdem noch viel zu früh. Trotzdem bin ich schlagartig hellwach. Hab ich gerade richtig gehört? Lotte? Max? Teichdienst? Nee, oder? Ich muss noch träumen. Ganz bestimmt. Hoffentlich.

„Ey, muss das sein?“ Max Müller hebt seine Stirn, die

normalerweise fest mit der Tischplatte verwachsen ist, und stöhnt, als hätte er schwerste Symptome von Brechdurchfall im akuten Stadium. Ich weiß, wie er sich fühlt. Mir geht es genauso.

„Muss das sein?“, wiederhole ich seine Frage in Richtung Lehrerpult.

Frau Dinselmeier kräuselt ihre Stirn, was sie lieber nicht zu oft machen sollte. Die Falten kriegt sie irgendwann garantiert nicht mehr raus. Höchstens mit diesem Botoxzeug, und ich weiß nicht, ob sie sich das mit ihrem Lehrerinnengehalt leisten kann.

„Wo liegt das Problem?“, fragt sie Max und mich. Ihre Augenbrauen berühren fast ihren Haaransatz.

Max zeigt stumm auf mich.

Ich zeige ebenso stumm zurück.

„Verstehe“, sagt Frau Dinselmeier, obwohl ihr verdrossenes Mienenspiel ganz klar das Gegenteil ausdrückt. „Da müsst ihr wohl durch. Ihr wisst, dass der Dienst Pflicht ist. Diese Woche seid ihr dran. Punkt.“

Wenn Frau Dinselmeier Punkt sagt, bedeutet das im Klartext Schluss-aus-Ende-der-Diskussion. Es ist also eher ein doppeltes Ausrufezeichen als ein Punkt.

Max und ich wissen, dass es zwecklos wäre, mit ihr zu diskutieren. Schon der Versuch wäre zwecklos. Frau Dinselmeier hält nichts von Gegenargumenten. Was sie sagt, ist Gesetz.

Wir fügen uns also notgedrungen in unser Schicksal – allerdings nicht, ohne vorher einen mordlüsternen Blick ausgetauscht zu haben.

Am Nachmittag treffen wir uns am Eingangstor der ehemaligen Fabrik. Max ist zuerst da und versucht mit dem Kescher Fliegen zu fangen. Der Kescher gehört der Schule und ist Bestandteil des Teichprojekts. Unser Dienst besteht darin, den Teich und seine Flora und Fauna zu kontrollieren. Das heißt, wir müssen Wasserproben nehmen, die Teichbewohner zählen (falls wir welche sehen), abgefallene Blätter und Unrat aus dem Wasser fischen (daher der Kescher) und auch sonst gucken, ob alles in Ordnung ist. Ob die Uferpflanzen, die wir gesetzt haben, gut gedeihen, zum Beispiel. Und ob sich möglicherweise schon Wildarten angesiedelt haben. Das Ganze erstreckt sich über eine komplette Woche. Jeden Nachmittag eine Stunde, inklusive Wochenende. Immer zu zweit. Kann mir jemand sagen, wie ich das überleben soll?

Mein Skateboard hab ich vorsichtshalber gar nicht erst mitgenommen und bin stattdessen mit der U-Bahn gefahren. Die Gefahr, dass Max und ich uns in die Wolle kriegen und er seinen Frust an meinem Board auslässt oder es im Teich versenkt, ist einfach zu groß. Ich möchte nichts riskieren. Meine Judogriffe hab ich noch einmal aufgefrischt und zu Hause vor dem Spiegel geübt. Ich bin bereit.
„Tach“, knurre ich an Max’ linkem Ohr vorbei.
Er grunzt nur.
Wortlos stapfen wir über das brachliegende Gelände, wobei wir uns bemühen, den größtmöglichen Abstand zwischen uns einzuhalten, ohne uns dabei aus den Augen zu verlieren. Unsere gegenseitige Abneigung hängt wie ein Mückenschwarm zwischen uns, jederzeit bereit zuzustechen.
Als wir am Teich ankommen, fischt Max lustlos ein bisschen Laub aus dem Wasser. Ich zähle die Seerosen, begutachte die Schilfrohre und suche das Ufer nach neuen Pflanzen ab. Irgendwo in all dem Schilfgrün quakt ein Frosch. Ein anderer antwortet. Es könnte fast idyllisch sein – wäre ich alleine hier und nicht mit MM.
Aus meinem Rucksack hole ich den Protokollordner und ein Wasserprobenset. Beides hat der Naturschutz-

bund gespendet, der unser Projekt unterstützt. Ich trage meine Pflanzenbeobachtungen ein und nehme eine Wasserprobe. Mit Hilfe einer Tablette, die das Wasser einfärbt, kann ich anschließend den pH-Wert und noch einige andere wichtige Faktoren ablesen und notiere alles in dem Ordner. Eine Libelle schwirrt vorbei. Sie sieht fast so aus wie die, die ich gezeichnet habe, nur viel, viel hübscher natürlich. Auch die Libelle wird eingetragen, genauso wie die Frösche.

Max macht inzwischen ein paar Fotos. Die brauchen wir später für unsere Schautafel. Leider achtet der Trampel nicht darauf, wo er hintritt. Er latscht das halbe Ufergrün platt, aber ich hab keine Lust, deshalb einen Streit vom Zaun zu brechen.

Eine Dreiviertelstunde später sind wir fertig. Bis auf das Begrüßungsgrunzen haben wir es tatsächlich geschafft, kein einziges Wort miteinander zu wechseln. Das ist absolut rekordverdächtig.

„Tschüss“, grummelt Max, als wir uns am Tor trennen.

„Tschau“, brumme ich zurück.

Dann traben wir in entgegengesetzter Richtung davon. Zu Fuß gehe ich ein paar öde Straßen entlang und stelle plötzlich fest, dass ich ganz in der Nähe des Stadtparks bin. So ein Zufall! Oder ist das gar kein Zufall? Haben

meine Füße mein Gehirn überlistet und mich absichtlich hierhergetragen?
Ich lasse die Skateboardbahn links liegen und schlage den kürzesten Weg zur Reitschule ein. Ich hab Motte lange nicht gesehen. Ob sie mich überhaupt wiedererkennt?

Leider ist Motte beschäftigt, das sehe ich auf den ersten Blick. Eine Fortgeschrittenenabteilung trabt in Schlangenlinien über das Viereck. Motte geht an der Tete, so nennt man die Spitze der Abteilung. Ich bleibe am Zaun stehen und staune. Motte schlurft nicht, sie schwebt! Ihre Hufe scheinen kaum den Boden zu berühren. Ihre Ohren sind aufmerksam gespitzt, ihr Schweif hoch erhoben. Sie sieht aus wie ein schickes, kleines Dressurpferd. Keine Spur mehr von der teddybraunen Schnarchtonne.
Das ist nicht Motte, denke ich. Das ist Morgungjöf!
In ihrem Sattel sitzt ein mageres, rothaariges Mädchen mit heller Reithose, langen Lederstiefeln und blassem Gesicht.
„Die kann echt super reiten!“, raunt Charlie mir zu.

Sie hat sich neben mich gestellt. Über ihrer Schulter baumelt ein Halfter.

„Ist die neu hier?“, frage ich.

Charlie nickt.

Ich lege meine Unterarme auf das Gatter und stütze mein Kinn darauf.

Motte, denke ich, und irgendetwas schnürt mir die Kehle zu. Das ist *meine* Motte!

Ich spüre, dass es mir ganz und gar nicht gefällt, jemand anderen auf Mottes Rücken zu sehen; noch dazu ein Mädchen, das so gut reitet, als wäre es im Sattel zur Welt gekommen.

Und wenn ich hundert Jahre Reitstunden nähme – ich werde niemals so gut reiten wie diese rothaarige Bohnenstange! Bin ich etwa neidisch?

Ja!, brüllt es ganz laut in mir. Bin ich! Na und?

„Mach dir keine Sorgen. Sie ist nur zu Besuch hier“, sagt Charlie. „Eine Gastreiterin.“

Sie zwinkert mir verschwörerisch zu und tätschelt meine Schulter, bevor sie wieder im Stall verschwindet.

Ach du liebe Liese! Kann die etwa Gedanken lesen?

Als ich zu Hause ankomme, steht meine Mutter im Flur und macht einen ziemlich wütenden Eindruck. Instinktiv ziehe ich den Kopf ein.
„Ausgerechnet jetzt!“, poltert sie. „Kann das nicht noch ein paar Wochen warten?“
Als ich sie fragen will, was los ist und womit ich warten soll, sehe ich, dass sie telefoniert. Ich bin also gar nicht gemeint, spitze aber trotzdem beide Ohren.
Anscheinend telefoniert sie mit Papa, denn es geht in dem Gespräch um „deine Mutter“, also um Oma Li.
„Das macht sie mit Absicht!“, bellt Mama ins Telefon. „Sie weiß genau, dass ich an dem Wochenende auf einem Seminar bin!“
Papa scheint etwas zu erwidern. Jedenfalls hält meine Mutter kurz die Luft an und hört ihm augenrollend zu, während ich an ihr vorbei in die Küche schlüpfe. Ich nehme mir ein großes Glas Milch und ein paar Kekse aus der Dose und setze mich an den Küchentisch. Ich tunke die Kekse ein und knuspere vor mich hin. Lecker!
„Wieso soll ich mein Seminar verschieben? Wieso immer ich?“, brüllt Mama. „Verschieb du doch deins!“
Aha! Ich schließe messerscharf, dass es um das verlängerte esoterische Wochenende im Sauerland geht, das sie mit ihrer Busenfreundin Petra gebucht hat.

In zwei Wochen soll es losgehen. Papa ist an demselben Wochenende in Berlin auf einem Maklerkongress. Ich freu mich schon darauf, von Donnerstagmittag bis Sonntagabend mit Oma Li allein zu sein. Besonders natürlich auf das ganze unvollwertige Essen. Das wird ein Fest! Aber wieso faselt Mama von Verschieben? Plötzlich stutze ich und höre genauer hin.

Mama ist aus dem Flur verschwunden und ins Wohnzimmer gegangen, wo sie sich auf ihren Yogateppich gelegt hat und tief und gleichmäßig atmet. Wahrscheinlich versucht sie, ihre Mitte wiederzufinden. Die geht ihr bei Streitereien schnell mal verloren.

„Gut“, murmelt sie und: „Ich denke darüber nach.“

Dann beendet sie das Gespräch.

Obwohl ich sie nicht gefragt habe (glaubt mir, ich weiß genau, wann ich meine Mutter ansprechen darf und wann nicht; wenn sie ihre Mitte sucht, jedenfalls nicht), erzählt sie mir, warum sie so sauer ist.

„Deine Großmutter“, sagt sie vorwurfsvoll, als könnte ich etwas dafür, „hat sich in den Kopf gesetzt, ihre beste Freundin Ilona auf Ibiza zu besuchen!“

„Ja und?“, frage ich harmlos. Oma Li fliegt öfter mal nach Ibiza. Bisher war das kein Grund, gleich auszuflippen.

„Deine Großmutter will Last Minute fliegen“, seufzt Mama. „Übermorgen schon. Und sie will vier Wochen bleiben. Vier Wochen! Wo sie doch genau weiß, dass sie auf dich aufpassen muss!“

„Auf mich muss keiner aufpassen. Ich komm supergut alleine klar“, beruhige ich sie. „Ist doch nur für ein popeliges Wochenende. Fahrt ihr mal ruhig alle weg.“

Mama bringt mich mit einem einzigen Blick zum Schweigen.

„Das“, schnappt sie, „kommt überhaupt nicht in Frage.“

Pah, dann eben nicht!

Ich nehme mir noch ein paar Kekse und verschwinde schmollend in meinem Zimmer.

Kapitel 11,

in dem alles ganz anders kommt.

Am nächsten Morgen hab ich Halsschmerzen. Meine Mandeln sind dick, und das Schlucken tut weh.

„Mandelentzündung", diagnostiziert Oma Li aus sicherer Entfernung. „Die Dinger müssen raus! Die machen nur Ärger!"

„Die Mandeln sind sehr wichtig", kontert Mama. „Sie dienen dem Körper als Gesundheitspolizei und …"

„Alles Tüdelüt", grummelt Oma. „Total überbewertet! Raus mit dem Gelump!"

Es sind meine Mandeln!, will ich schreien, aber mein Hals tut viel zu weh. Stattdessen krächze ich, dass ich mich wieder hinlegen will. Ich hab echt keine Lust, am frühen Morgen den Streitschlichter zu spielen. Ich hab Fieber. Ich will meine Ruhe. Und Oma will in die Stadt, um sich einen neuen Badeanzug zu kaufen.

„Für Ibiza", betont sie und schlägt die Haustür extra laut hinter sich zu.

Meine Mutter knirscht mit den Zähnen. Dann geht sie auch. Sie hat heute ihren langen Tag im „Café Plüsch“.
Endlich bin ich allein!
Ich kuschele mich in mein Bett und ziehe mir die Decke bis über die Ohren, um mich vor den schlechten Schwingungen zu schützen, die seit gestern unheilvoll durch unsere Wohnung wabern.
Die Frage, wer auf mich aufpasst, wenn Oma Li bei ihrer Freundin ist, steht noch immer im Raum. Mama denkt nicht daran, ihren Workshop zu stornieren, und Papa will nicht auf seinen Kongress verzichten.
Und ich? Ich will nur schlafen!

Als ich aufwache, ist schon fast Nachmittag. Ich hab den halben Tag verpennt. In der Wohnung ist es still. Ich horche in mich hinein und stelle fest, dass es mir ein kleines bisschen besser geht. Die Mandeln tun eigentlich nur noch beim Schlucken weh, und besonders fiebrig fühle ich mich auch nicht mehr.
Als mein Blick durchs Zimmer wandert, wird mir allerdings von null auf hundert kochend heiß im Kopf. Der Teichordner und das Wasserprobenset stehen auf mei-

nem Schreibtisch. Hilfe! Mama hat zwar in der Schule angerufen, um mich zu entschuldigen, aber Max kann ohne die Sachen keinen Teichdienst machen! Jedenfalls keinen richtigen – wenn man vom Keschern mal absieht.

Ob der sich traut, den Kram hier abzuholen? Garantiert nicht! Ich muss ihm das Zeug wohl oder übel bringen. Aber das ist Schwachsinn, überlege ich. Wenn ich den ganzen Weg zu MM latsche, kann ich genauso gut gleich am Teich vorbeigehen und die Proben selber ziehen und meine Notizen machen. Frische Luft tut mir bestimmt gut. Und außerdem könnte ich damit meine Einsatzbereitschaft demonstrieren und ein paar Pluspunkte für meine Bio-Note sammeln.

Ich wälze mich aus dem Bett und suche in den Tiefen meines Kleiderschranks nach einem passenden Halstuch. Nach kurzer Suche entscheide ich mich für einen violetten Baumwollschal. Ich mag die Farbe, und der Stoff riecht ein bisschen nach Motte, weil ich ihn mal beim Reiten getragen habe.

Mann, wie lange ist das schon her! Ob ich jemals wieder Reitstunden nehmen werde? Oder bleibe ich für immer und ewig auf dieser Fünf-Gratisstunden-Anfängerstufe stehen?

Hoffentlich nicht! Mein Hintern hatte sich gerade so schön daran gewöhnt und hat schon fast gar nicht mehr wehgetan. Es wäre ziemlich blöd, jetzt aufzuhören.

Im Vorbeigehen schüttele ich mein Sparschwein. Es hört sich an, als würden zwei Knöpfe in seinem Bauch klappern. Immer noch Ebbe. So ein Mist. Aber was hatte ich erwartet? Dass eine kleine süße Fee vorbeikommt und mir ein Bündel Geldscheine für den Reitunterricht schenkt?

In der Küche steht eine Thermoskanne mit Holundertee. Ich trinke zwei große Becher hintereinander, esse einen Bananenjoghurt und knabbere zwei Dinkelkekse, die Mama mir hingestellt hat.

Komisch, dass Oma Li noch nicht zurück ist. Ich lege ihr einen Zettel hin, dass ich spätestens in einer Stunde wieder da bin. Danach ziehe ich mich an, schlinge mir den Motte-Duft-Schal dreimal um den Hals und stehe wenig später draußen auf der Straße, die Teichsachen unter dem Arm.

Es ist heiß, und ich fühle mich wackelig auf den Beinen und bereue meinen Entschluss sofort. Aber Umdrehen wäre auch doof. Langsam und immer schön im Schatten der Straßenbäume mache ich mich auf den Weg.

Max ist nicht da. Das sehe ich sofort. Gleichzeitig sehe ich etwas anderes, und ich muss mir zweimal hintereinander fest in den Arm kneifen, weil ich zuerst glaube, dass es eine Fata Morgana ist. Oder eine Fieberfantasie. Oder beides zusammen. So schlimm ist es. Echt wahr.

Der Teich – unser wunderschönes Biotop! – sieht aus, als wäre eine Horde wilder Elefanten darüber hinweggetrampelt!

Fast alle Pflanzen, die wir von unserem eigenen Geld aus der Klassenkasse gekauft und liebevoll gehegt und gepflegt haben, wurden herausgerissen, zerrupft oder zertreten.

Der Uferbereich ist zerwühlt, das Teichwasser sieht trübe aus. Kein Frosch quakt, keine Grille zirpt. Und überall liegen oder schwimmen abgerissene Blätter und traurige Pflanzenreste herum.

Es sieht so gruselig aus, dass ich mich erst mal hinhocken muss, um den Anblick auszuhalten. Aber das macht es auch nicht besser. Wer macht so was? Wer macht ein harmloses Bio-Projekt kaputt?

Vor allem: Warum?

Ob die anderen schon Bescheid wissen? Ich rappele mich hoch, als ich hinter mir eine Stimme höre.

„Ey, Verfluchung! Was ist das denn?"

Ich drehe mich um. Max Müller steht vor mir, den Kescher in der Hand und einen betretenen Ausdruck im Gesicht. Er starrt zuerst den Teich und danach mich an. Seine Augen flackern. Oder bilde ich mir das nur ein? Ich bemerke, dass an seinen Turnschuhen Lehm klebt und dass sein linkes Knie zerschrammt ist. Woher wohl?

Plötzlich keimt ein schrecklicher Verdacht in mir auf. Max hasst mich; seit der Sache mit Motte und dem Pferdemist noch mehr als vorher. Ich frage mich, wie weit seine Abneigung reicht. Etwa so weit, dass er den Teich zerstören würde, um sich an mir zu rächen?

Obwohl die Sonne scheint, kriecht mir eine Gänsehaut über den Rücken. Während der Teichwoche tragen wir zu zweit die Verantwortung für das Projekt. Er würde sich selbst auch schaden, klar, aber das wäre ihm vermutlich egal.

Hat Max Müller den Teich verwüstet, um mir eins auszuwischen? Er ist ziemlich spät dran. Aber vielleicht war er heute schon mal hier? Bevor ich aufgetaucht bin?

In einem Krimi hab ich mal gelesen, dass Verbrecher oft an den Ort ihres Verbrechens zurückkehren. Der Lehm an Max’ Schuhen sieht frisch aus. Und ist seine linke Socke nicht ein bisschen feucht?

Räudige Runkelrübe! Bleib ganz ruhig, sage ich zu mir selbst. Lass dir bloß nichts anmerken!

Max schüttelt den Kopf, scheinbar fassungslos. Er kann wirklich gut schauspielern. „Was ’n da los?“, fragt er.

„Keine Ahnung“, antworte ich.

Er reibt sich die Nase. „Ich dachte, du bist krank.“

„Bin ich auch“, krächze ich. „Aber ich hab den Ordner und das Wasserset.“

„Ach ja, stimmt.“ Max geht in die Hocke und sieht sich das Ufer genauer an.

Ich lasse ihn nicht aus den Augen. Vielleicht verrät er sich irgendwie.

„Verfluchung, ey“, wiederholt er und fischt mit dem Kescher einen Pflanzenstängel aus dem trüben Teich. „Was machen wir denn jetzt?“

„Aufräumen“, sage ich. Da fällt mir etwas ein. „Nee, warte! Zuerst machen wir Fotos! Du hast doch den Fotoapparat dabei, oder?“ Zum Teichdienst gehört es auch, täglich Fotos zu machen. In dieser Woche ist das Max’ Aufgabe.

Max wird rot.

„Nö, hab ich vergessen“, murmelt er.

„Na toll“, sage ich. Hat er ihn absichtlich vergessen? Knirschender Knödel, so kommen wir nicht weiter!
„Dann lass uns Ordnung schaffen“, seufze ich. „Vielleicht können wir noch was retten.“

Als ich zwei Stunden später nach Hause komme, bin ich fix und foxi. Mein Hals kratzt, als hätte ich Rasierklingen geschluckt, und Fieber hab ich bestimmt auch wieder. Jedenfalls glüht mein Gesicht. Aber vielleicht hab ich auch nur einen blöden Sonnenbrand.
Unter meinen Fingernägeln klebt Dreck, in meinen Turnschuhen gluckert Teichwasser, und meine Socken kann ich auswringen. Aber immerhin haben Max und ich es geschafft, unseren Teich wieder einigermaßen in Ordnung zu bringen.
Die Pflanzen, die wir retten konnten, haben wir wieder eingepflanzt. Die anderen haben wir abgefischt, eingesammelt und auf den Kompost geworfen. Auf einem benachbarten Spielplatz haben wir uns eine Plastikharke ausgeliehen und damit das Ufer geharkt. Als wir damit fertig waren, sah es fast so aus wie vorher, nur ein bisschen kahler.

Sogar die Wasserprobe war unauffällig. Und Max hat die ganze Zeit mitgearbeitet, ohne zu murren. Benimmt sich so ein Tatverdächtiger? Hm … Vielleicht gehört es zu seinem Plan, möglichst unbescholten zu wirken. Aber egal, heute werde ich das nicht mehr klären.
„Mannomann …“ Stöhnend schlüpfe ich im Flur aus meinen durchweichten Schuhen und Socken, wobei ich mir die größte Mühe gebe, nicht auf Oma Lis gebohnertes Parkett zu tropfen.
„Lotte! Endlich!“ Mama stürzt aus der Küche auf mich zu.

„Mama? Wieso bist du schon hier? Wo ist Oma?“ Ich linse an ihr vorbei. Mama nimmt mich in den Arm und drückt mich so fest, dass mir die Spucke wegbleibt. Ich sollte vielleicht erwähnen, dass meine Mutter keine von diesen Tüdelmuttis ist, die ständig an ihren Kindern herumzupfen und kuscheln wollen. Fürs Knuddeln ist bei uns eher Papa zuständig. Ihre stürmische Begrüßung ist also höchst verdächtig.
„Ist was?“, frage ich misstrauisch.
Mama nickt. „Oma ist im Krankenhaus.“
Mein Herz bleibt stehen. Auf einmal ist mir nicht mehr heiß, sondern eiskalt. „Was? Wieso das denn? Was ist denn?“

Mama legt mir eine Hand auf die Schulter, mit der anderen streicht sie mir über den Kopf. „Sie ist in der Stadt hingefallen und hat sich die Hüfte gebrochen."
„Was!?" Es braucht ein paar Sekunden, bis es bei mir ankommt. In meinem Gehirn rattert es. Hinfallen und sich etwas brechen klingt nicht so schlimm wie beispielsweise ein Autounfall oder ein Herzinfarkt. Aber Oma Li ist alt, und wenn alte Leute hinfallen und sich etwas brechen, ist das sehr wohl schlimm. Und sie ist im Krankenhaus!
„Wo denn? Wie denn?", stammele ich. „Kann ich zu ihr? Ich will sie sehen, bitte!"
„Papa ist schon bei ihr", versucht Mama mich zu beruhigen. „Sie ist in der Uniklinik."
„Kann ich sie sehen?"
Mama guckt mich an und sagt: „Später. Sie wird heute noch operiert."
Ich schlucke. Und dann heule ich los.

„Dieses Warten ist schrecklich!", sagt Mama kurze Zeit später.
Wir sitzen unter dem Sonnenschirm auf dem Balkon

und trinken Eistee. Ich hab mich ein bisschen beruhigt. Nach einer Dusche bin ich in meine gestreiften Lieblingsleggings und ein Schlabber-T-Shirt geschlüpft. Meine Haare trocknen unter einem Handtuchturban, den Mama mir gemacht hat. Papa hat schon dreimal angerufen. Oma Li ist im OP und wird operiert. Die Ärzte müssen ihr ein künstliches Hüftgelenk einsetzen, weil ihr eigenes Gelenk nicht mehr zu reparieren ist. Papa will auf jeden Fall dableiben, bis sie aufwacht.
Am liebsten würde ich die Uhr zurückdrehen. Ja, das wäre cool! Am besten auf heute Morgen. Dann würde ich Oma Li sagen, dass sie lieber zu Hause bleiben und Socken stricken soll, anstatt in die Stadt zu gehen, um sich einen Badeanzug für Ibiza zu kaufen!
„Den braucht sie jetzt auch nicht mehr“, überlege ich laut.
Mama schaut mich fragend an.
„Ach nichts …“, murmele ich und warte weiter.

Es ist fast Abend, als Papa endlich kommt. Wir laufen ihm entgegen. Er sieht müde und grau aus, aber er lächelt.

„Schöne Grüße von Oma“, sagt er und nimmt Mama und mich in die Arme. „Sie hat alles gut überstanden. Sie muss die Nacht auf der Intensivstation bleiben, aber das ist ganz normal. Morgen können wir sie besuchen.“

„Und wie lange muss sie im Krankenhaus bleiben?“, will ich wissen.

„Ungefähr zehn Tage, wenn alles gut geht“, antwortet Papa.

„Cool!“ Ich freu mich für Oma. „Dann kann sie ja doch noch nach Ibiza fliegen!“

Papa bremst meinen Optimismus. „Nee, daraus wird leider nichts. Nach der Klinik muss sie eine Reha machen, das haben die Ärzte mir schon erklärt. Und die dauert mindestens drei Wochen.“

„So lange? Arme Oma!“

„Mit ihrer neuen Hüfte muss sie erst mal ganz neu laufen lernen“, sagt Papa. „Das geht nicht mal eben so. Dazu ist viel Training nötig.“

„Hauptsache, es geht ihr gut und sie ist bald wieder auf den Beinen“, meint Mama.

„Stimmt“, nicke ich. „Das ist die Hauptsache!“

Kapitel 12

Amazonen in Gefahr und andere Katastrophen

„Manno, bin ich froh, dass es Oma Li besser geht!“, sage ich zu Motte und kraule ihr den Wirbel auf der Stirn.

Es ist der Tag nach Omas Unfall, und ich bin gleich nach der Schule in den Stall gefahren, weil ich das dringende Bedürfnis hatte, mich von Mottes weichem Maul und von ihren Samtaugen trösten zu lassen.

In der Schule war's total öde. Aber weil ich kein Fieber mehr hatte, dachte ich, es wäre vielleicht besser, mich abzulenken, als zu Hause die Wände anzustarren. Das Muster von unseren Tapeten kenne ich inzwischen nämlich in- und auswendig.

Motte hört mir mit gespitzten Ohren zu, als ich ihr von dem Teichhasser und Omas gebrochener Hüfte erzähle. Ich hab das Gefühl, sie versteht jedes Wort, obwohl das natürlich Blödsinn ist und nur in rosa Pferdebüchern vorkommt. Aber trotzdem ist es schön, ihr mein Herz auszuschütten.

„Heute Abend darf ich Oma besuchen“, erzähle ich ihr und auch, dass ich Max in Verdacht habe, die Teichpflanzen ausgerupft zu haben. „Der ist so hohl“, sage ich, „dass ich dem das glatt zutrauen würde!“

Motte prustet verständnisvoll.

Zwar haben MM und ich Frau Dinselmeier erzählt, was passiert ist, aber die hat uns nur mit ihrem zweifelnden Lehrerinnenblick angeguckt, als würde sie uns kein Wort glauben. Und dann hat sie gefragt, ob wir aufgeräumt hätten.

„Ham wir“, hat Max gesagt, und ich hab genickt. Woraufhin Frau Dinselmeier gemeint hat, dass dann ja wieder alles gut wäre.

„Wir sollen Bescheid sagen, wenn es noch mal passiert“, schnaube ich. „Bescheid … Ha!“

Motte stupst mich an und schnobert vorsichtig in meinen Haaren. Ich mache die Augen zu und halte die Luft an, weil sich das so witzig anfühlt.

„Hi, Lotte!“, sagt eine Stimme.

Charlie. Ich klappe die Augen wieder auf. Motte brummelt leise.

„Hast du’s schon gehört?“, fragt Charlie.

„Nö, was denn?“

„Hella hat Geldsorgen.“ Charlie senkt die Stimme. „Vielleicht macht die Reitschule bald wieder zu.“

„Was?!“, entfährt es mir.

Motte hüpft erschrocken zur Seite.

Charlie nickt betrübt. „Es haben sich nicht genug Leute für den Reitunterricht angemeldet. Hella kann die Handwerkerrechnungen nicht bezahlen, die Bank macht Stress, und wo das Futter für den Winter herkommen soll, weiß auch kein Schwein. Gut möglich, dass sie demnächst ein paar Pferde verkaufen muss, um wenigstens die Handwerker bezahlen zu können. Aber für die Bank und das Futter reicht das natürlich nicht. Ich hab ein Gespräch belauscht. Sie ist so gut wie pleite.“

„Ach du grüne Gurke!“

„Du sagst es“, nickt Charlie. „Arme Motte …“

„Wieso arme Motte?“, frage ich alarmiert.

Charlie schenkt mir einen mitleidigen Blick. „Motte gehört garantiert zu den Pferden, die als Erstes verkauft werden. Die hat einen ellenlangen Stammbaum und ist richtig viel wert“, erklärt sie mir. „Am besten verabschiedet ihr euch schon mal voneinander. Schade … Ihr habt echt gut zueinander gepasst.“ Sie strubbelt Motte durch die Mähne und seufzt, dann dreht sie sich

um und lässt Motte und mich mit unserem Schicksal allein.
„Hilfe!“, sage ich leise zu Motte.
Wie ferngesteuert verabschiede ich mich von ihr und den anderen Pferden. Ich muss zum Teich. Vorher bin ich mit Titus und Rudi verabredet, und danach treffe ich mich mit Mama und Papa bei Oma Li im Krankenhaus. Ziemlich viel auf einmal, oder? Ich meine nicht die vielen Verabredungen, sondern die ganzen Katastrophen. Der Teich, Oma, die Reitschule …
Was wohl als Nächstes kommt?

Titus, Rudi und Krümel haben schon von dem Pleitegeier gehört, der über den Amazonen kreist. Ich staune, wie schnell sich das herumgesprochen hat, aber Rudi meint, das wäre heutzutage ganz normal. Sobald ein Gerücht erst mal in Umlauf ist, würde es mehr Füße als ein Tausendfüßler bekommen und sich so unaufhaltsam ausbreiten wie ein Magen-Darm-Virus.
Krümel hockt neben der Skaterbahn und schnieft todtraurig vor sich hin. Sie hatte gehofft, bald Reitstunden zu bekommen, und wollte dafür auf alle Geburtstags-

und Weihnachtsgeschenke verzichten, bis sie volljährig ist.

Ich würde sie gerne trösten, aber ich glaube, ich brauche selber ein bisschen Trost. Vielleicht sogar ein bisschen mehr. Der Gedanke, mich von Motte zu trennen und sie vielleicht nie wiederzusehen, tut ziemlich weh.

Ich drehe ein paar Runden mit meinem Skateboard, aber es macht mir keinen Spaß. Im Gegenteil, weil ich so unkonzentriert bin, falle ich ein paarmal hin und schürfe mir das Knie auf. Noch ein Schmerz. Danke schön.

„Heute ist irgendwie nicht mein Tag“, sage ich zu Rudi und Titus.

Sie heben die Hände, und wir klatschen ab.

„Wird schon wieder“, meint Titus.

Rudi nickt.

Krümel winkt mir schniefend zu.

Ich winke zurück und mache mich auf den Weg zum Teich. Das Wasserprobenset und den Ordner habe ich im Rucksack. Das Skateboard klemme ich mir unter den Arm.

Mein Knie puckert vor sich hin, mein Herz tut weh, und in meinem Kopf überschlagen sich die Sorgen, während ich nach passenden Adjektiven für meine momentane Situation suche.

„Schlimm, übel, unbeschreiblich, unerträglich, entsetzlich“, murmele ich vor mich hin. „Furchtbar, fürchterlich, grässlich, grausam, gruselig, beschissen, beknackt.“

Als ich ein paar Minuten später vor unserem Teichprojekt stehe, fällt mir allerdings nichts mehr ein außer: „Doppelt geschrumpfter Knöterich! Was ist das denn?“

Max ist schon da. Mit dem Kescher in der Hand steht er am Teichufer und zeigt wortlos auf die Bescherung. „D-das war schon so, echt“, stammelt er, als ich ihn entsetzt anstarre.

Ich schlucke. Der Teichhasser hat schon wieder zugeschlagen! Und er hat ganze Arbeit geleistet!

Ungläubig betrachte ich die Bescherung. Ausgerupfte Pflanzen weit und breit, ein durchgepflügtes Ufer und trübes, schmutziges Wasser. Es sieht fast noch schlimmer aus als gestern.

„Ich hab schon Fotos gemacht.“ Max legt seinen Kescher ins Gras und kommt mir entgegen, aber ich habe keinen Blick für ihn und seine Beweisfotos. Ich werfe mein Skateboard ins Unkraut, den Rucksack daneben und heule erst mal eine Runde. Es ist mir total egal, dass Max neben mir steht und komisch guckt. Was zu viel ist, ist zu viel. Echt.

Es dauert eine ganze Weile, bis ich mich wieder beruhigt hab. Aber dann reicht Max mir eine Dose Cola.
„Hast du zufällig Feinde?“, fragt er.
„Außer dir nicht“, antworte ich wahrheitsgemäß. „Und du?“
„Außer dir auch nicht.“ Max grinst.
Und dann grinsen wir beide und teilen uns die Cola.
Wenn mir gestern jemand gesagt hätte, ich würde mit MM aus einer Dose trinken, hätte ich ihn ausgelacht. Aber unser gemeinsames Schicksal, Opfer eines fanatischen Biotopzerstörers zu sein, schweißt uns zusammen und lässt uns unsere Feindschaft für einen Moment vergessen.

Dass Max der Täter sein könnte, glaube ich inzwischen fast nicht mehr. Er sieht ganz schön fertig aus. Als würde er auch am liebsten losheulen und sich nur nicht trauen. Dabei hab ich mit Jungs, die weinen, überhaupt kein Problem. Oder zieht er einfach nur eine Schau ab? Ich weiß nicht mehr, was ich glauben soll.
„Dann lass uns mal aufräumen“, schlage ich vor, als die Cola alle ist.
Max ist einverstanden.
„Wenn das so weitergeht, sind bald keine Pflanzen mehr übrig“, murmelt er.

„Wir brauchen eine Harke“, murmele ich zurück.
Max zählt sein Geld. „Ich geh mal schnell zu Kloppi rüber und kauf eine.“
„Cool“, nicke ich. „Mach mal.“ Ich hab das ungute Gefühl, dass sich die Investition in eine Plastikharke lohnen wird. Schließlich ist unsere Teichwoche noch nicht zu Ende.

Frustriert, verschwitzt und lehmverschmiert stehe ich eine Stunde später an Oma Lis Krankenbett. Mama und Papa sind von meinem Anblick nicht gerade begeistert, aber ich hatte keine Zeit mehr, mich umzuziehen und aufzubrezeln. Das erkläre ich ihnen auch, und sie lassen mich in Ruhe.

Oma Li sieht furchtbar blass und verloren aus zwischen all den weißen Laken. Viel kleiner als sonst; als wäre sie geschrumpft. Aber sie freut sich, mich zu sehen.
Ich hab auf dem Brachgelände ein paar Wildblumen gepflückt (was man natürlich eigentlich nicht darf, aber ich hoffe, eine Oma im Krankhaus zu haben bildet eine Ausnahme) und stelle den bunten Strauß in eine Vase auf die Fensterbank, wo sie ihn von ihrem Bett aus sehen kann.

„Du riechst nach Pferd“, sagt sie und schnuppert an mir.
„Schlimm?“, frage ich.
Oma Li zwinkert mir zu. „Nein, es gefällt mir.“
Weil sie noch ziemlich müde ist, bleiben wir nicht sehr lange. Aber wir versprechen, morgen wiederzukommen.
Oma Li nickt und winkt, als wir leise aus dem Zimmer gehen. Draußen atmen wir auf.
„Wenn sie erst mal aufstehen darf, geht es ihr bestimmt bald besser“, meint Mama. Ich merke, dass sie sich Mühe gibt, ihrer Stimme einen fröhlichen Klang zu geben, um Papa zu trösten.
Papa nickt betrübt und schlägt vor, irgendwo etwas essen zu gehen. „Nur eine Kleinigkeit“, seufzt er traurig.
Dass er so niedergeschlagen ist, gefällt mir gar nicht.
„Mach dir mal keine Sorgen“, sage ich und stupse ihn an. „Unkraut vergeht nicht. Das sagt Oma Li auch immer!“

Und so ist es auch! Am Wochenende geht es Oma Li schon viel besser. Als ich sie besuche, erzählt sie mir stolz, dass ihr neues Hüftgelenk aus Titan und Keramik besteht und dass sie jeden Tag mit einem niedlichen Physiotherapeuten, der Mischa heißt und aus Kasachstan stammt, den langen Klinikflur auf und ab marschiert. „In ein paar Tagen werde ich in die Reha-Klinik verlegt", sagt sie. „Da lern ich dann richtig laufen!"

Ich freue mich, dass es ihr besser geht. Aber fast genauso sehr freue ich mich darüber, dass die Woche endlich zu Ende ist. Denn das bedeutet, dass mein Teichdienst endlich vorbei ist und Max und ich nicht mehr jeden Nachmittag die Spuren des teichpflanzenhassenden Biotopzerstörers beseitigen und auf allen vieren um den Teich kriechen müssen, um das Ufer neu zu bepflanzen und zu harken.

Ab Montag sind zwei neue Projektbetreuer zuständig. Viel Spaß!

Es rückt allerdings auch das Alle-sind-weg-und-keiner-ist-da-um-auf-Lotte-aufzupassen-Wochenende immer näher. Die Gedanken meiner Helikopter-Eltern kreisen darum wie zwei fette Brummer um einen frisch vom Pferd geplumpsten Pferdeapfel.

Oma in der Reha, Mama auf ihrem esoterischen Seminar, Papa auf seinem Maklerkongress. Und Lottchen? Allein zu Haus? Von wegen! Pustekuchen hoch drei!

„Am Freitag ist ein beweglicher Ferientag", sagt Mama

beim Kaffeetrinken in der Krankenhaus-Cafeteria. „Du kannst also schon Donnerstagmittag aufbrechen. Genau wie Papa und ich."

Aufbrechen? Ich? Wohin? Hab ich was verpasst? Anscheinend ja.

„Es ist ausgesprochen günstig, dass Mutti schon am Mittwoch in die Reha verlegt wird", meint Papa. Mit Mutti meint er seine Mutter, also Oma Li.

„Ja, das passt gut", bestätigt Mama über meinen Kopf hinweg.

„Mooooment", sage ich und schiebe mir ein großes Stück warmen Apfelkuchen mit einem Berg Schlagsahne in den Mund. „Worum getsch hier eigentlisch?"

„Lotte, nicht mit vollem Mund!", schimpft Mama.

Ich achte nicht auf sie. Der Kuchen ist echt lecker!

„Wir haben uns überlegt, dass du das Wochenende, an dem wir nicht da sind, bei deiner Tante Harriet am Meer verbringst", klärt Papa mich strahlend auf. „Gute Idee, nicht?"

Ich verschlucke mich an einer Rosine. Wie? Was? Ich will etwas sagen, bringe aber nur ein Krächzen zustande.

„Bei Harri hinterm Deich?", würge ich schließlich hervor. Gruseliger Griesbrei! Ich mag Tante Harri wirklich gern. Sie ist Papas ältere Schwester. Papa sagt, sie ist „unkonventionell". Das bedeutet, dass sie auf alles und jeden pfeift und so lebt, wie sie es für richtig hält. So eine Art Pippi Langstrumpf in erwachsen. Ein bisschen sieht sie auch so aus, mit ihren bunt zusammengewürfelten Ökoklamotten und den geflochtenen Zöpfen.

Früher war Tante Harri mal Grundschullehrerin, aber das ist ewig her. Inzwischen hat sie sich selbst verwirklicht und beschäftigt sich mit Bildhauerei, Fotografie und alternativer Politik. Die Kobolde, die sie in ihrer Werkstatt aus Betonblöcken meißelt, sind ein echter Renner. Und ihre Naturfotografien auch. In Knückerkoog, so heißt der Ort, in dem sie wohnt, gibt es überall Postkarten, Kalender und Poster von ihren Fotos zu kaufen, sogar an der Tankstelle.

Ich mag Tante Harri wirklich sehr gern, obwohl sie ein bisschen verschroben ist. Das Problem ist nur, dass es in und um Knückerkoog weit und breit keine anständige geteerte Straße gibt, geschweige denn eine Skateboardbahn! Knückerkoog und Skaten passen ungefähr so gut zusammen wie Motte und Überschallgeschwindigkeit, nämlich gar nicht. Und Fernsehen und Internet hat meine Tante natürlich auch nicht. Nur ein uraltes Haus mit einem Pudelmützendach aus Stroh, einem verwilderten Garten, in dem sie einen Feentanzplatz einge-

richtet hat, und jeder Menge Natur pur drum herum. Und da soll ich hin? Ausgerechnet jetzt, wo ich mich vielleicht schon bald von Motte verabschieden muss, wenn nicht noch ein Wunder geschieht und Hella im Lotto gewinnt?
„Was soll ich da?", frage ich meine Eltern.
„Das Wochenende verbringen", wiederholt Mama, als wäre ich schwer von Begriff.
„Im Meer schwimmen, am Strand spazieren gehen, die Ruhe genießen", ergänzt mein Vater mit leuchtenden Augen. Er sieht aus, als würde er am liebsten selbst in das

Kuhkaff fahren. Soll er ruhig. Dann geh ich auf seinen Kongress. Ha, das wär's doch!
Ich hole tief Luft.
„Lotte, es gibt keine Diskussion!", sagt Mama energisch, bevor ich loslegen kann. „Wenn du eine Freundin hättest, könntest du das Wochenende bei ihr verbringen. Aber du bist ja lieber mit diesen Jungs aus dem Park zusammen."
Och nö, jetzt geht das wieder los! Dass ich keine Freundinnen hab, mit denen ich mich über Barbies, Boygroups und Klamotten austauschen kann, ist Mama ein echter Dorn im Auge. Sie ist der Meinung, dass jedes Mädchen eine beste Freundin braucht. Hätte ich ja auch

gern, aber beste Freundinnen fallen nicht mal eben so vom Himmel. Oder soll ich mir eine aus Brotteig backen? So einfach ist das nicht!

„Deine Tante freut sich schon so auf dich!“, wechselt Papa das Thema, wofür ich ihm echt dankbar bin. „Du steigst am Donnerstagmittag in den Zug und kommst Sonntagabend wieder. Ist doch klasse! Ein richtiger Kurzurlaub!“

Weil er so strahlt, muss ich auch lächeln.

„Na gut“, täusche ich ein bisschen Begeisterung vor. „Das wird bestimmt nett!“

Kapitel 13,

in dem ich verreise, einem riesigen Pferd begegne und einen echt netten Jungen kennenlerne.

Ein paar Tage später sitze ich im Zug nach Knückerkoog und fühle mich ein bisschen abgeschoben. Ich meine, hallo? Ich bin unterwegs zu einer Tante, die mit Feen kommuniziert und Kobolde aus Steinen haut. Kobolde. Aus Steinen. Auweia.

Zum Glück dauert die Fahrt nicht sehr lange, und ich hab genug zu lesen mit. Papa hat mir ein Ponybuch geschenkt, und am Bahnhof durfte ich mir noch ein paar Comics kaufen. Und Naschkram natürlich.

Wenn ich nicht lese, schaue ich aus dem Fenster auf die vorbeifliegende Landschaft und denke an Motte. Was die wohl gerade macht? Ob Pferde manchmal an die Menschen denken, die sie kennen? Ich wüsste zu gerne, was Motte über mich denkt! Vielleicht: „Rostiger Hufnagel!

Da kommt das Mädchen, das nicht reiten kann!“, oder: „Diese Lotte ist ja eigentlich ganz nett. Wenigstens bringt sie mir immer was zu knabbern mit.“

Hihi, ich muss kichern. Die kleine Omi, die mir gegenübersitzt, zwinkert mir zu. Sie erinnert mich ein bisschen an Oma Li. Wie's der wohl gerade geht? Bevor Papa sie gestern in die Reha-Klinik gefahren hat, durfte ich sie noch mal besuchen. Da war sie sehr fröhlich und hat sich gefreut, dass es vorangeht. Wenn alles gut läuft, kommt sie in drei Wochen nach Hause. Darauf freu ich mich schon. Und wie!

Ich schiebe mir einen Schokoriegel zwischen die Kiemen und gucke weiter aus dem Fenster. Fast kann ich schon das Meer sehen. Gleich bin ich da!

In Knückerkoog steht Tante Harri am Bahnsteig. Leider hat sie kein Auto, weil sie meint, das wäre Zivilisationsquatsch und so was bräuchte sie nicht, aber dafür besitzt sie ein altes Bäckerfahrrad und einen rosa lackierten Bollerwagen, den sie mit einem Strick am Gepäckträger befestigt hat. Während ich noch überlege, wo ich sitzen soll, wirft sie meinen Rucksack in den Bollerwagen, wo schon ein Sack Kartoffeln und eine Kiste mit schrumpeligen Äpfeln nebeneinanderstehen. BIO-BAUER BRODER BRODERSEN steht auf der Kiste.

„Ach, ist das schön, Lotte, Mensch!“ Zum x-ten Mal, seit ich aus dem Zug gestiegen bin, quetscht Tante Harri mich an ihren Busen. Sie ist nicht viel größer als ich, aber mindestens doppelt so rund.

Ihre grünen Augen leuchten. Sie scheint sich wirklich zu freuen, mich zu sehen. „Und gutes Wetter hast du auch mitgebracht! Mensch, toll! Jasper ist leider unterwegs. Den wirst du gar nicht sehen. Aber ein Weiberwochenende ist ja auch mal ganz drollig, nicht?“

Jasper ist Tante Harris Freund. Er ist Vogelkundler und lebt die meiste Zeit des Jahres auf einer einsamen Insel, wo er Zugvögel und ihre Nester und Eier zählt. Hin und wieder dümpelt mal eine Kegelrobbe vorbei, die zählt er dann auch. Im Gegensatz zu meiner Tante ist Jasper nicht besonders gesprächig. Es wird also kaum auffallen, dass er nicht da ist.

„Willst du auf die Stange oder auf den Gepäckträger?“ Tante Harri zeigt auf ihr Fahrrad.

„Ähm, ich kann gerne zu Fuß gehen“, schlage ich vor.

„Schnickschnack!“ Meine Tante lacht wie ein Pferd. „Los, hopp, Mädchen!“

Ehe ich es mir anders überlegen kann, spüre ich den harten Gepäckträger schon unter meinem Po und klammere mich an Tante Harris Latzhose, während sie ihr Bäckerfahrrad über Knückerkoogs Hauptstraße steuert. Hinter mir rumpelt der Bollerwagen. Die Kartoffeln, mein Rucksack und die Bio-Äpfel hüpfen fröhlich um die Wette. Ich schließe die Augen und schnuppere. Es riecht nach Teer, Seetang, Salz und Meer. Und wenn man genau hinriecht, auch ein bisschen nach Fisch.
Während der Fahrt richte ich Grüße von Mama und Papa aus und erzähle, wie es Oma Li geht. Tante Harri summt zufrieden vor sich hin und nickt.

Dann biegen wir ab, und am Ende eines schmalen Sandwegs taucht das kleine Pudelmützenhaus vor uns auf. Wir werden von lautem Gemecker begrüßt. Zwei schneeweiße Ziegen trippeln uns entgegen: Lütten und Liebes Bisschen.
Tante Harri macht eine Vollbremsung und schimpft: „Du liebes bisschen! Sind die Lütten schon wieder ausgebüxt!“
Schon klar, woher die beiden ihre Namen haben, oder?
Ich hüpfe vom Gepäckträger und laufe voraus. Die Ziegen springen meckernd neben mir her.

Bevor es Willkommenskuchen und Kakao gibt, will ich kurz an den Strand. Tante Harri muss noch was in ihrer Koboldwerkstatt erledigen.

Gleich hinter ihrer Werkstatt führt ein Trampelpfad durch den verwilderten Garten, der zum Haus gehört. Direkt dahinter ist der Deich. Und hinter dem Deich liegt das Meer.

Auf dem Deich bleib ich stehen, weil der Anblick so toll ist. Das bekommt man als Stadtkind schließlich nicht jeden Tag geboten: so viel Sand, das Meer, der weite Horizont, die fetten Möwen und über allem die Spätnachmittagssonne, die immer noch schön warm ist.

Ich schlüpfe aus meinen Schuhen und laufe los. Einfach so. Weil mir plötzlich danach ist.

Der Strand ist hier ziemlich breit. Man kann also ganz schön weit laufen, wenn man will und genug Puste hat. Meine Puste reicht genau bis ans Wasser.

Schade, dass Motte nicht hier ist, denke ich. Es würde ihr bestimmt gefallen. Wir könnten zusammen durchs Wasser toben und übers Meer schauen. Irgendwo dahinten liegt bestimmt Island. Vielleicht könnte sie es riechen. Können Pferde gut riechen? Keine Ahnung …

Ich will mich gerade nach einer interessanten Muschel bücken, da taucht in der Ferne eine Art Fata Morgana auf. Etwas Großes stapft am Ufer entlang, das die Umrisse eines Elefanten hat. Auf dem Rücken des Elefanten sitzt etwas Kleines. Ein Affe möglicherweise. Na, das ist ja mal was! Ein Elefant und ein reitender Affe in Knückerkoog!

Ich schirme meine Augen mit der Hand ab, weil die Sonne mich blendet, und warte.

Der Elefant braucht ziemlich lange, bis er mich erreicht. Und es ist natürlich kein Elefant, sondern ein Pferd. Ein riesiges rabenschwarzes Pferd. Ich muss den Kopf in den Nacken legen, als es endlich vor mir steht und mich zur Begrüßung freundlich anprustet. Es hat Hufe, groß wie vier Familienpizzen, ungelogen, und seine schwarze Mähne ist so lang, dass sie bis zu den Nüstern reicht. Der Schweif sieht aus wie eine Schleppe, die über den Strand schleift. An allen vier Beinen hat das Riesenpferd lange, lockige Haare. Man nennt das Fesselbehang, das weiß ich aus einem Buch. Motte hat so was auch.

Das Riesenpferd beschnüffelt mich neugierig.

„Moin“, sagt plötzlich eine Stimme von ganz weit oben.

Ich lege meinen Kopf noch etwas weiter in den Nacken und sehe keinen sprechenden Affen, sondern einen Jungen, der auf dem breiten Rücken des Pferdes thront.

Wie ist der da raufgekommen? Mit einer Leiter? Oder einem Kran vielleicht?
Er grinst zu mir herunter.
„Keine Angst. Die Dicke Tante tut nichts."
Dicke Tante? Ich verkneife mir ein Kichern.
„Ich hab keine Angst!" Zur Bestätigung streichele ich dem schwarzen Riesen über die Nase. Aber nur mit zwei Fingern. Man weiß ja nie. Ein Happs – und die Pfote ist weg! „Ich reite selber!"
Oha, das hörte sich bestimmt eingebildet an. Aber der Junge grinst nur weiter.

„Cool", meint er.
Mir fällt auf, dass das Pferd weder Sattel noch Zaumzeug anhat, und ich frage mich, wie es wohl gelenkt wird. Nur mit Schenkeldruck, Kreuz anspannen, Gewichtsverlagerung und der Kraft der Gedanken?
Hella behauptet, diese vier Dinge wären das A & O beim Reiten. Gut möglich. Aber vielleicht sitzt der Typ da oben auch nur so rum, und das Pferd bestimmt, wo es langgeht. Es würde mich nicht wundern.
„Steh, Dicke Tante!" Der Junge greift energisch in die Mähne, als der Rappe weiterlatschen will.
„Ähm … Wie heißt dein Pferd?", erkundige ich mich. „Dicke Tante? Echt jetzt?"

„Jo." Der Blondschopf nickt und springt mal eben lässig aus geschätzten drei Metern Höhe schwungvoll in den Sand. „Und ich bin Jussi."

Er hebt kurz die Hand.

„Lotte. Ich mach hier Urlaub. Bei meiner, äh, Tante." Sie ist aber nicht so dick wie deine Pferdetante, hätte ich fast hinzugefügt. „Und du?"

„Ich wohn dahinten." Jussi zeigt vage in Richtung Leuchtturm.

Ich bin nicht so oft bei Tante Harri, dass ich sämtliche gleichaltrige Kinder hier in der Gegend kennen würde. Aber dieser Jussi wäre mir garantiert früher schon mal aufgefallen. Und seine Dicke Tante erst recht.

„Ist 'ne echte Friesenstute", sagt er, als er meinen Blick bemerkt. „Die sind 'n büschen größer und schwerer als andere Pferde."

„Das kann man wohl sagen!"

„Willst du mal reiten?"

„Ich? Nö, danke", antworte ich schnell. „Ich muss nach Hause. Meine Tante wartet bestimmt schon auf mich. Aber vielleicht morgen?"

„Jo, gebongt! Wir treffen uns um elf beim Leuchtturm. Bis dann!" Jussi dreht sich um, stopft die Hände tief in die Taschen seiner Jeans und trabt davon.

Die Dicke Tante wendet ihren Kopf zu ihm um und bleibt unschlüssig stehen. Ich kann förmlich sehen, wie es in ihrem Pferdehirn rattert, ob sie hinterherlaufen soll oder doch nicht. Aber da stößt Jussi einen leisen Pfiff aus. Die Stute spitzt die Ohren, bevor sie sich behäbig um die eigene Achse dreht und ihrem Besitzer folgt wie ein Schoßhündchen.
Mir bleibt vor Staunen der Mund sperrangelweit offen stehen. Ungelogen.

Später frage ich Tante Harri nach Jussi. Wir sitzen in ihrem Garten, trinken Kakao und essen Sandkuchen. Natürlich kennt sie ihn. „Seine Mutter arbeitet im Touristikbüro, und seinem Vater gehört der neue Strandkorbverleih Olsen hinter dem Leuchtturm. Sie wohnen noch nicht lange hier, aber er scheint ein netter Junge zu sein. Hat er nicht ein Pferd?“
Ich erzähle ihr von meiner Begegnung am Strand.
Tante Harri lacht. „Ja, dieser Jussi Olsen passt in die Welt! Und sein Pferd anscheinend auch.“

Kapitel 14

Außerirdische im Anflug!

Am nächsten Morgen bin ich schon ganz früh wach. Tante Harri schläft noch. Im Haus ist es ruhig. Ich klettere durch mein Zimmerfenster hinaus in den Garten, wo Lütten und Liebes Bisschen im Gras liegen und mich leise meckernd begrüßen.
Zwischen den alten, knorrigen Pflaumenbäumen liegt der Feentanzplatz. Tante Harri hat bunte Tücher, gläserne Glöckchen und Windspiele aus Muscheln in die Zweige gehängt. Als eine Brise durch die Bäume fährt, höre ich ein zartes Klingeln. Meine Tante ist überzeugt, dass in ihrem Garten mindestens drei Feen leben. Warum auch nicht? Wenn ich eine Fee wäre, fände ich's hier auch ziemlich klasse. Besonders die Hängematte ist toll. Und der Badeteich erst! Sein Wasser blitzt zwischen den Schilfstängeln hervor. Ein Frosch quakt irgendwo.
Ich bahne mir einen Weg durch hohes, taufeuchtes Gras und wildes Gestrüpp und stehe wenig später am Ufer.

Heiliger Hundefloh! Was ist das denn? Ich falle fast vornüber. Träum ich noch? Ich reibe mir die Augen. Nee, ich bin wach. Trotzdem kann ich kaum glauben, was ich sehe. Tante Harris Teich sieht haargenau so aus wie unser Biotop in der Stadt: Ufer zertrampelt, Pflanzen ausgerissen, Blätter angeknabbert, Wasser trübe …

Wie kann das sein? Hat sich der Teichhasser etwa in meinen Rucksack geschmuggelt? Ist er mir gefolgt? Will der mich veräppeln?

Oder handelt es sich um eine geheimnisvolle Teichseuche, die sich rasend schnell um mich herum ausbreitet und sämtliche Teiche befällt, denen ich zufällig zu nahe komme?

Krasse Krise … Ob Tante Harri das schon gesehen hat?

Leider komme ich nicht dazu, sie zu fragen, denn als sie endlich aufwacht, hat sie es sehr eilig. Es geht um eine geplante Kunstausstellung in der nächstgrößeren Stadt, und sie muss sich mit ein paar wichtigen Leuten treffen.

Auf ihre Frage, ob ich mitwill, schüttele ich heftig den Kopf. Ich muss unbedingt herausfinden, was es mit dem Teich auf sich hat. Und eine Reitstunde hab ich auch noch. Hilfe! Fast hätte ich Jussi und seine Dicke Tante vergessen!

„Mach dir einen schönen Tag, Lottchen“, sagt Harri zerstreut zu mir, als das Taxi vor der Tür steht, das sie sich ausnahmsweise gönnt. „Es kann etwas später werden. Essen steht im Kühlschrank. Nimm dir, was du magst. Die Telefonnummer, unter der ich zu erreichen bin, liegt auf dem Küchentisch.“

Meine Tante ist, glaube ich, der einzige Erwachsene auf der Welt, der kein Handy hat

„Ich komm schon zurecht“, verspreche ich ihr, obwohl ich mir da nicht so sicher bin.

Dann ist sie fort, und ich bin allein. Allein in einem einsamen Haus mit zwei Ziegen im Garten, drei unsichtbaren Feen und einem Fiesling, der keine Teiche mag. Ich glaube nicht, dass meine Eltern damit einverstanden wären, wenn sie das wüssten.

Mir wird ein bisschen mulmig zumute. Ob ich vielleicht lieber drinnen bleiben, die Fenster und Türen verriegeln und mich irgendwo verstecken soll?

„Blödsinn!“, sage ich laut und strecke meinem Spiegelbild im Flur die Zunge raus. „Kommt gar nicht in die Tüte!“

Draußen scheint die Sonne; es ist ein toller Tag. Den lasse ich mir von einem fiesen Teichkiller doch nicht vermiesen!

Tante Harri scheint sich um mich keine Sorgen zu machen. Die traut mir das zu. Okay, wahrscheinlich hat sie einfach nicht viel Ahnung von Kindern, weil sie keine eigenen hat. Aber immerhin war sie früher mal Lehrerin.
„Wär doch gelacht, wenn ich das nicht hinkriegen würde!", sage ich zu mir selbst. „Zu Hause bin ich schließlich auch mal allein. Ich hab keinen Schiss. Nix da!"

150 Um kurz vor elf stehe ich am Leuchtturm und warte auf Jussi und sein Pferd. Es dauert nicht lange, da höre ich gemächliches Hufgeklapper. Diesmal reitet Jussi nicht, sondern führt die Tante am langen Zügel. Ob er ihr extra meinetwegen Zaumzeug angelegt hat?
„Moin!", ruft er.
„Hi!" Ich winke ihm zu.
Die Dicke Tante prustet zur Begrüßung und schüttelt ihre lange Mähne. Ich habe ihr einen Apfel mitgebracht, den sie mit weichen Lippen von meiner flachen Hand nimmt und mit Karacho zerknurpselt.
„Kann's losgehen?", fragt Jussi.
Ich nicke, obwohl ich mir gerade nicht mehr so sicher

bin, ob ich wirklich so gerne auf diesem Riesenross sitzen möchte. Ich meine, je höher das Pferd ist, desto tiefer fällt man schließlich runter, oder?

„Ich helf dir rauf." Jussi macht mit beiden Händen eine Räuberleiter und hievt mich ohne viele Umstände hoch. Und dann sehe ich plötzlich den Strand und das Meer von oben und hab das Gefühl, als könnte ich dem Leuchtturm aufs Dach spucken, wenn ich wollte.

Jussi grinst und sieht ziemlich klein aus.

„Wow!", mache ich und klopfe das schwarze Fell der Dicken Tante. „Das ist echt hoch!"

Jussi lacht. „Gut festhalten!"

Er schnalzt mit der Zunge. Vorsichtshalber greife ich mit beiden Händen in die Tantenmähne. Ich bin noch nie ohne Sattel geritten. Es fühlt sich anders an. Viel weicher. Als würde man jede einzelne Bewegung des Pferdes spüren. Außerdem hab ich das komische Gefühl, als würden meine Beine rechts und links abstehen, weil Dicke Tantes Rücken so breit ist.

Jussi führt uns an den Strand. Ich werde sanft hin und her geschaukelt. Es ist total gemütlich. Die Sonne über mir, die Wärme des Pferdefells unter mir … Ich löse eine Hand, um die Stute zu streicheln. Sie brummelt und wackelt mit den Ohren, als würde es ihr gefallen.

Während ich so vor mich hin schaukele, erzähle ich Jussi von meinen Skaterfreunden aus dem Park, von Max Müller, Motte und den Amazonen und dass ich im Moment leider kein Geld für Reitstunden hab. Auch über den Teichhasser spreche ich mit ihm, der mich aus der Stadt bis hierher in Tante Harris Garten verfolgt haben muss.

Jussi und die Dicke Tante hören aufmerksam zu. Ab und zu fragt Jussi mich etwas. Die Tante nickt dazu mit dem Kopf und prustet hin und wieder, als hätte sie eine Meinung zu dem Ganzen.

„Dieser Teichheini schlägt meistens nachts zu, oder?“, fragt Jussi.

„Logisch“, sage ich. „Am helllichten Tag würde so was doch auffallen!“

„Mhm-tja“, macht Jussi. Er pflückt im Vorbeigehen einen Strandhaferhalm und schiebt ihn sich zwischen die Zähne.

Möglicherweise hilft es ihm beim Nachdenken, überlege ich.

„Vielleicht sollten wir uns heute Abend mal auf die Lauer legen“, schlage ich vor, nachdem er eine Weile wortlos auf seinem Halm herumgekaut hat. „Falls der Miesling wieder zuschlägt, schnappen wir ihn uns!“

„Wir?“, fragt er erschrocken. „Im Dunkeln? Im Garten von deiner Tante? Und außer uns nur dieser unheimliche Blödmann, dem es Spaß macht, Pflanzen auszurupfen?“

„Wieso nicht?“, sage ich so selbstverständlich, als würde ich ihn zum Mau-Mau-Spielen einladen. „Oder hast du etwa Schiss?“

Jussi lacht.

„Ich doch nicht!“, plustert er sich auf. „Von mir aus kann's losgehen.“

Er grinst zu mir rauf.

Okay, Lotte Blunck. Das hast du jetzt davon. Plötzlich fallen mir zweitausendfünfhundert Gründe ein, warum es eine blöde Idee ist, sich nachts mit einem fremden Jungen in einem verwilderten Garten zu treffen. Mindestens. Aber ich schiebe sie einfach in eine Ecke meines Gehirns, die ich nicht so oft benutze. Dieser Jussi ist echt nett. Und heute Abend ist Tante Harri auch wieder da. Falls der Teichhasser wirklich auftaucht und es brenzlig wird, sind wir wenigstens nicht allein.

„Was deine Amazonen und ihre Pleite angeht …“ Jussi kratzt sich am Kopf. „Habt ihr schon mal an Werbung gedacht? Heutzutage geht's einfach nicht mehr ohne. Die müssen schon was tun, um den Laden richtig zum

Laufen zu kriegen. Nur mit Däumchendrehen wird das nix!“

Ich will protestieren und klarstellen, dass Hella und ihre Amazonen überhaupt nicht Däumchen drehen, sondern im Gegenteil total fleißig sind und echt hart arbeiten, aber Jussi redet schon weiter.

„Sponsoring heißt das Zauberwort“, meint er. „Das kennt man doch vom Fußball!“

„Was hat eine Frauenreitschule denn mit Fußball zu tun?“, erkundige ich mich.

„’ne ganze Menge“, sagt Jussi überzeugt, während er un-

beirrt weiter durch den Sand stapft, als würde er eine Wüste durchqueren.

„Du meinst, wir sollen uns Sponsoren suchen, die die Reitschule mit Geld unterstützen?“, frage ich. Was für eine obercoole Idee! Wieso bin ich nicht selbst darauf gekommen? Vor Aufregung rutsche ich fast von der Tante.

„Und dafür dürfen die dann Werbung bei uns machen!“ Ich spinne den Faden weiter. „Reklameschilder am Reitplatz aufhängen zum Beispiel. Werbeslogans auf die Satteldecken drucken, beschriftete Hindernisse, T-Shirts für die Reitschüler … alles Mögliche! Man muss nur mal darüber nachdenken, dann fällt einem eine Menge ein!“

Jussi bleibt stehen. Die Dicke Tante latscht noch genau einen und einen halben Schritt weiter – so weit reicht der Zügel, den Jussi in der Hand hält – und macht dann ebenfalls eine Vollbremsung. Bei dem Schlafwagentempo, das sie draufhat, ist das allerdings kein Problem für mich.

Ich drehe mich halb zu Jussi um. „Was ist los?"

„Wie wär's mit Pferdepatenschaften?" Er strahlt mich an, als hätte er ein Glücksbärchi gefrühstückt.

„Mit Pferdepatenschaften?", wiederhole ich leicht dämlich.

„Ja, klar!", nickt Jussi und erklärt mir, wie er sich das vorstellt: „Die Geschäftsleute aus der Stadt suchen sich ein Pferd aus, für das sie regelmäßig Unterhalt an die Amazonen überweisen. Für Futter, den Schmied, den Tierarzt und alles, was so anfällt. Als Gegenleistung dürfen sie mit ihrem Patenpferd Reklame machen. Wer nicht so viel bezahlen will, teilt sich ein Pferd mit anderen Geschäftsleuten. Dafür gibt's dann Anteilscheine. Wie an der Börse."

„Sie würden die Pferde sozusagen adoptieren", murmele ich nachdenklich. „Die Reitschule schließt Patenverträge mit den Geschäften ab. Damit wären die Pferde versorgt, ohne dass sie verkauft werden müssen. Mann,

das ist …“ Ich suche nach dem passenden Wort, aber mir fällt so spontan keins ein.
Jussi hilft mir auf die Sprünge.
„Krass, spitze, cool, genial, irre, perfekt“, schlägt er grinsend vor. „Kurz: die Lösung eures Problems!“
Ich grinse zurück und falle der Dicken Tante um den Hals. „Juhu!“, jubele ich. „Die Reitschule ist gerettet!“
Wie ich die Geschäftsleute überreden soll, ein Pferd zu adoptieren, weiß ich zwar noch nicht, aber darüber denke ich nach, wenn ich wieder zu Hause bin. Zuerst bin ich mal einfach nur glücklich. Unser Plan ist so klasse, der kann gar nicht anders als funktionieren!

Am Abend liegen wir bäuchlings in Tante Harris Garten im Gras. Den Teich haben wir genau im Blick. Jussi hat sein Pferd zu Hause gelassen und ist mit dem Rad gekommen. Die beiden Ziegen hab ich vorsichtshalber in den Stall gesperrt, damit sie uns nicht mit ihrem Meckern verraten.
Es dämmert schon, die Sonne geht langsam unter, und Tante Harri ist immer noch nicht zurück.
Jussi hat sein Kinn in die Hände gestützt und kaut

schweigend auf einem Grashalm. Ich glaub, ich hab noch nie einen Jungen getroffen, der so cool ist und außerdem so gute Einfälle hat. Außer Titus vielleicht. Der ist auch ziemlich cool, aber auf eine andere Art.

Ich hoffe, uns fällt auch was Passendes ein, falls der Teichhasser tatsächlich auftauchen sollte. Sollten wir uns nicht vorsichtshalber bewaffnen? Mein Blick fällt auf einen dicken Ast, der zwischen Unkraut und Brennnesseln liegt. Den könnte ich mir zur Not schnappen und mich damit verteidigen.

Als es in den Bäumen über uns raschelt, zucke ich zusammen. Inzwischen ist es so dämmrig geworden, dass ich kaum noch etwas erkennen kann. Kühl ist es auch. Am liebsten würde ich aufstehen und mir einen Pulli aus dem Haus holen, aber ich trau mich nicht.

„Pscht!“, zischt Jussi, obwohl ich gar nichts gesagt hab.

Ich halte die Luft an und höre ein merkwürdiges Geräusch. Es ist eine Art lautes Schwirren, das direkt aus dem Himmel über uns zu kommen scheint.

„Knöck-knöck-kröck“, macht etwas. Dann gibt es einen lauten Platsch und gleich darauf noch einen. Das Teichwasser spritzt zu allen Seiten. Etwas ziemlich Großes ist in Tante Harris Teich gefallen, so viel steht fest.

Sofort denke ich an UFOs und Aliens. Aber würden die

freiwillig in Tante Harris Knückerkooger Gartenteich landen? Wohl eher nicht. Höchstens wenn sie sich verflogen und die Umlaufbahn ihres Heimatplaneten verfehlt haben vielleicht.

Ich spüre, wie sich meine Nackenhaare aufstellen.

Jussi ist mucksmäuschenstill. Genau wie ich hält er den Atem an, als es ein drittes Mal platscht.

„Knöck-knöck-kröck", machen die Eindringlinge. Es klingt seltsam und fremd, wie eine Geheimsprache, und ziemlich aufgeregt. Bestimmt wittern sie uns. Gleich werden sie an Land schwimmen – und dann?

Ich sehe mich schon von schleimigen Außerirdischen gepackt, in ihr Raumschiff gezerrt und entführt, da unterbricht Jussis lautes Lachen meine Horrorvisionen von einer unfreiwilligen Reise in eine ferne Galaxie. Er lacht und brüllt, wälzt sich vom Bauch auf den Rücken und lacht weiter.

Fassungslos starre ich ihn an.

„E-Enten", würgt er nach einer ganzen Weile hervor.

„Enten?", wiederhole ich mit gedämpfter Stimme. „Hast du sie noch alle?"

Statt eine Antwort zu geben, knipst er seine Taschenlampe an und beleuchtet den Teich. Im Schein des Lichts dümpeln zwei Wildenten auf den Wellen. Eine

dritte watschelt fröhlich am Ufer entlang und rupft mit ihrem Schnabel dicke Pflanzenbüschel aus, die sie großzügig um sich herum verteilt.
„Enten", sage ich tonlos.
Jussi kichert.
„Was ist denn hier los?", fragt plötzlich eine verwunderte Stimme.
„Ups! Hallo, Tante Harri!" Ich rappele mich hoch und halte mir die Hand vor den Mund, bevor ich schließlich laut lospruste. Aliens, UFOs, Teichhasser ... alles Quatsch! Enten haben den Teich verwüstet!
Tante Harri guckt mich an, als würde sie sich ernsthafte Sorgen wegen meiner geistigen Gesundheit machen.
„Was tut ihr hier im Garten?", fragt sie, nachdem sie Jussi begrüßt hat, der schnell aufgesprungen ist und sich vorgestellt hat.
In Kurzfassung erzähle ich ihr die Geschichte von dem teichzerstörenden Unhold, der hier und in der Stadt sein Unwesen getrieben hat, und von unserem Plan, ihn auf frischer Tat zu ertappen.
„Na, das ist euch gelungen!" Tante Harri lacht jetzt auch.
Sogar die Enten schnattern vor sich hin, als würden sie sich prächtig amüsieren.

Kurz darauf sitzen wir in der Küche und trinken Kakao. Meine Tante hat eine große Keksdose auf den Tisch gestellt und ein paar Käse- und Wurstbrote geschmiert. Jussi und ich greifen ordentlich zu. Wegen der ganzen Aktion sind wir noch gar nicht dazu gekommen, Abendbrot zu essen.

„Ich hätte dir gleich sagen können, dass es Enten sind, die die Teiche verwüsten.“ Tante Harri nippt an ihrem Kakao. „Wildenten suchen sich gerne kleine Wasserflächen, um zu rasten und zu übernachten. Manchmal sind sie am nächsten Tag auf Nimmerwiedersehen verschwunden, manchmal kehren sie aber auch Abend für Abend zurück. Ich hab meine schon seit dem Frühjahr.“

„Aber die machen doch alles kaputt!“, wende ich ein und drehe nachdenklich eine Entenfeder hin und her, die ich im Garten gefunden habe. Sie schillert ein bisschen türkis und lila, wenn man genau hinguckt, und ist sehr hübsch. „Stört dich das denn gar nicht?“

„Ein bisschen schon“, gibt Tante Harri zu. „Aber ich mag die drei. Auch wenn sie mit ihren großen Füßen alles platt treten und das bisschen, was übrig bleibt, mit ihren Schnäbeln zerschreddern."

„Außerdem wühlen sie den Teichgrund so weit auf, wie der Hals lang ist, kacken alles voll und vertreiben Frösche und Molche", mischt Jussi sich ein, bevor er sein viertes Wurstbrot verdrückt. „Die reinsten Killerenten sind das, sag ich euch!"

Tante Harri seufzt und nickt gleichzeitig. „Für das biologische Gleichgewicht ist das natürlich nicht besonders günstig, da hast du Recht. Aber irgendwann wird den dreien mein Teich zu klein. Dann suchen sie sich ein neues Revier, und die Natur hat Zeit, sich zu erholen. Es gibt genug Teichbesitzer, die Enten mit allen Mitteln verjagen. Aber wo sollen die armen Dinger denn hin? Ihr natürlicher Lebensraum wird doch immer kleiner! Alles wird betoniert und zugepflastert!"

„Stimmt", sage ich. So hab ich das noch gar nicht gesehen. Was sind schon ein zertrampeltes Teichufer und ein paar ausgerupfte Wasserpflanzen gegen einen geschützten Lebensraum? Wie sollen die Enten denn sonst überleben? Bei uns in der Stadt gibt es nur einen künstlichen See im Park, und der ist so überfüllt, dass die Enten und Schwäne Schlange stehen müssen, um mal schwimmen zu können.

Außerdem ist es laut, es gibt viele Hunde, und der Park liegt an einer Hauptverkehrsstraße. Wenn ich eine Ente wäre, würde ich mich da auch nicht wohlfühlen. Da würde ich mir auch was anderes suchen. Unser Biotop auf dem Fabrikgelände zum Beispiel.

Ich grinse und stippe meinen Keks in den Kakao.

Dass ich von meinem Ausritt auf der Dicken Tante Muskelkater habe und kaum sitzen kann, versuche ich zu ignorieren.

Heute war ein supertoller Tag! Ich würde zu gerne noch ein bisschen länger hierbleiben, aber mein Wochenende ist bald schon wieder vorbei. Echt schade.

Kapitel 15,

in dem ich tatsächlich Sehnsucht nach Motte habe.

Am Sonntag sitze ich im Zug, im Gepäck eine Menge genialer Ideen, einen getrockneten Seestern, den mir Jussi geschenkt hat, eine Riesentüte mit selbst gebackenen Zimtschnecken von seiner Mutter und eine großzügige Taschengeldspende von Tante Harri. Es wird zwar nicht für einen kompletten Reitkurs reichen, aber für ein paar einzelne Reitstunden auf Motte ganz bestimmt.

Ich bin so froh! Okay … halb froh. Für ganz froh fühle ich mich zu doll hin und her gerissen. Wieso müssen Harri, Jussi und die Dicke Tante so weit weg wohnen? Am liebsten würde ich sie einpacken und mit nach Hause nehmen. Das Meer, den Leuchtturm, die frische Luft, Lütten und Liebes Bisschen gleich mit dazu. Aber alles auf einmal geht leider nicht.

Und natürlich freu ich mich auf Mama und Papa, auf

mein eigenes Zimmer, mein Skateboard, Titus, Rudi und Krümel. Ich freu mich auch, dass Oma Li bald aus der Reha-Klinik entlassen wird. Aber ganz besonders freu ich mich auf Motte. Ob sie mich vermisst hat? Oder hat sie mich inzwischen vergessen? Leider hab ich keine Ahnung, wie Pferde ticken, aber ich könnte mir vorstellen, dass sie ein gutes Gedächtnis haben. Immerhin sind ihre Köpfe ziemlich groß, und ich glaube eigentlich nicht, dass da nur Stroh drin ist.

Tante Harri und Jussi stehen am Bahnsteig und winken, als der Zug endlich losfährt. Seine Dicke Tante hat Jussi

lieber zu Hause gelassen. Die hätte sonst bestimmt für großes Aufsehen am Bahnhof gesorgt.

Ich klopfe an die Scheibe und winke mit beiden Händen.

„Bald sind Herbstferien!“, rufe ich durch das geschlossene Fenster. Zu blöd, dass man das nicht aufmachen kann! „Dann komm ich vielleicht wieder!“

Meine Tante und Jussi nicken und lachen. Und dann geht ein Ruck durch den Zug, und der Bahnhof wird kleiner und kleiner. Genau wie Harri und Jussi.

Ich lasse mich seufzend auf meinen Sitzplatz plumpsen. Dann hole ich die Kuchentüte aus meinem Rucksack und stopfe mir eine warme, weiche, zuckersüße Zimtschnecke nach der anderen in den Mund, während draußen das Meer an mir vorbeizieht.

Sieben Zimtschnecken und eine mittlere Ewigkeit später bin ich wieder in der Stadt, die mir plötzlich viel, viel größer, lauter und trubeliger vorkommt als noch vor ein paar Tagen.
Meine Eltern haben mich pünktlich vom Bahnhof abgeholt. „Puh!“, mache ich und pfeffere meinen Rucksack in eine Ecke, bevor ich mich im Wohnzimmer aufs Sofa werfe.
Natürlich muss ich ihnen erst mal lang und breit erzählen, wie's war. Und dann muss ich auch noch die Grüße von Tante Harri ausrichten. Zuletzt will ich wissen, wie es Oma Li geht. Ich hab zwischendurch ein paarmal mit ihr telefoniert, aber vielleicht gibt's ja was Neues. „Nein, gibt es nicht“, sagt Papa. „Außer dass es ihr sehr gut geht und dass sie prima Fortschritte macht.“
„Das ist cool!“, finde ich. „Und jetzt hab ich Hunger!“
Mama lächelt. „Die Gemüsepizza ist schon im Ofen, eine extra große. Seeluft macht schließlich hungrig.“
„Und wie“, bestätige ich.

Der nächste Tag ist Montag, ein Schultag. Mutig nutze ich die günstige Gelegenheit und melde mich freiwillig für ein Referat, um von den Wildenten und meinen Beobachtungen zu erzählen.

Ich lasse die Fotos von den Verwüstungen herumgehen, die Max während unserer Teichwoche gemacht hat, und lege noch einen Schnappschuss von Tante Harris Enten und die Feder, die ich gefunden habe, obendrauf. Die drei Enten sehen auf dem Bild sehr glücklich aus. Fast, als würden sie grinsen.

„Auch wenn die Enten alles kaputt machen, das Ufer zertrampeln, den Teich vollkacken und unsere Pflanzen auffressen, bin ich trotzdem dafür, dass sie auf unserem Teich bleiben dürfen. Sie können schließlich nichts dafür, dass sie in der Stadt keinen Platz mehr haben“, beende ich meinen Vortrag. „Wer ist noch dafür?“

Ich recke meinen Arm so weit nach oben, wie es geht, um mit gutem Beispiel voranzugehen.

Frau Dinselmeier nickt mir freundlich zu und schreibt etwas in ihr kleines rotes Lehrerinnenbuch, bevor sie ihre Hand hebt.

Mit einem leisen Plopp löst Max Müller seine Stirn von der Tischplatte, wo sie bis eben festgepappt war, und guckt sich so verschlafen um, als wüsste er nicht, worum es geht. Aber dann wackelt er mit dem linken Zeigefinger und sagt: „Ich bin dafür, ey."

Fast alle aus der Klasse sind dafür. Bis auf zwei Mädchen, die aus Prinzip gegen alles sind. Weil sie sich noch nie besonders für das Teichprojekt interessiert haben, enthalten sie sich ihrer Stimmen.

Frau Dinselmeier klappt ihr Lehrerinnenbüchlein zu. „Die Enten dürfen also bleiben. Fein, Lotte. Das war ein schöner Vortrag!"

Ich wachse vor Stolz um mindestens zwei Zentimeter und bedanke mich im Stillen bei Jussi. Ohne den hätte ich mich vielleicht nicht getraut, den Teich zu beobachten, und würde wahrscheinlich immer noch an einen fiesen Unbekannten glauben.

Gleich nach der Schule laufe ich in den Park. Eigentlich bin ich mit Rudi und Titus verabredet, aber ich hab mein Skateboard zu Hause vergessen. Das ist mir noch nie passiert!

„Das ist dir ja noch nie passiert!“, meckert Titus auch gleich los, als ich ohne Board an der Bahn aufkreuze. Rudi grinst. Krümel pflückt Gänseblümchen.
Ich werde rot.
„Ich war übers Wochenende weg“, versuche ich mich zu verteidigen. „Ich hatte echt viel um die Ohren. Und überhaupt …“ Ich hör mitten im Satz auf. Mehr fällt mir beim besten Willen nicht ein. Stattdessen erzähle ich von unserem Teichprojekt und den Enten.
Rudi meint, dass er die zu gerne mal anständig verjagen würde. Titus nickt zustimmend.

„Schreckschusspistole“, schlägt er vor. „Chinaböller. Heuler. Alles, was Krach macht!“
„Hast du sie noch alle?“ Ich tippe mir an die Stirn. „Davon kriegen die doch glatt einen Herzinfarkt!“
„Ist doch cool“, meint Rudi grinsend. „Dann haste gleich was für den Grill.“
Die Jungs grölen und klatschen ab.
„Ihr seid echt nicht mehr ganz dicht!“, schimpfe ich und lasse sie einfach stehen.
„Tretminen!“, ruft Rudi hinter mir her.
„Spanndrähte!“, ergänzt Titus.
„Bewegungsmelder!“ – „Alarmanlage!“ – „Teichnetze!“ – „Entenfallen!“ – „Pfefferspray!“

Irgendwann bin ich weit genug weg und muss ihre blöden Vorschläge nicht länger ertragen.
Eine kleine Hand schiebt sich in meine. Krümel ist mir gefolgt und guckt von unten zu mir rauf. „Mach dir nichts draus“, sagt sie. „Jungs sind doof. Nimmst du mich mit zu den Pferden?“
„Klar“, sage ich. „Gute Idee!“

Im Stall ist alles ruhig. Die Pferde scheinen auf einem Ausritt zu sein. Krümel und ich beschließen zu warten. Wir hocken uns nebeneinander auf einen Strohballen, und ich erzähle ihr von Jussis und meiner Idee mit den Pferdepatenschaften.
„Cool“, meint sie. „Ich hab auch eine Patentante und zwei Patenonkel. Die schenken mir immer was zum Geburtstag und zu Weihnachten. Und manchmal sogar zwischendurch.“
„Ja, so ähnlich stell ich mir das auch vor“, sage ich nachdenklich. „Regelmäßiges Futtergeld für jedes Pferd und ab und zu mal was extra. Nur wie fang ich das an? Wie soll ich wichtige Geschäftsleute davon überzeugen, wie toll es ist, ein Patenpferd zu haben?“

Krümel gibt zu, dass sie keine Ahnung hat.
„Dann sind wir schon zwei“, seufze ich. Mein Blick fällt auf einen zerfledderten Reklamezettel an der Stallwand.
„Wir könnten Werbeflyer drucken und in der Stadt verteilen“, murmele ich vor mich hin.
„Die liest eh keiner“, murmelt Krümel zurück.
Da bin ich mir nicht so sicher. Schließlich wollen die Geschäftsleute doch keine Katze im Sack kaufen, sondern wissen, für wen und was sie ihr Geld ausgeben. Fotos wären gut! Dann könnten sie sich gleich ein Patenpferd aussuchen. Aber ob Hella das alles erlaubt? Wann soll ich sie überhaupt einweihen? Am besten erst, wenn ich ein paar Verträge zur Rettung der Reitschule abgeschlossen habe, beschließe ich.
Hilfe, die Verträge! Die muss ich auch noch entwerfen und ausdrucken! Es gibt noch so viel zu tun. Und ich hab keine Ahnung, ob mein Plan überhaupt aufgeht. Was, wenn alles umsonst ist? Wenn die Pferde trotzdem verkauft werden müssen und die Reitschule geschlossen wird? Ich mag gar nicht daran denken.
„Doppelt verknurpselter Krustenknoten!“, fluche ich laut.
Krümel kichert.

Plötzlich hab ich Sehnsucht nach Motte. Zu gerne würde ich meine Stirn gegen ihre legen, den Geruch ihrer Mähne einatmen und ihr weiches Fell streicheln. Ich weiß nicht, woran es liegt, aber Pferde haben etwas total Tröstliches, finde ich. Und ich wette, wenn es einem richtig schlecht geht, schaffen Pferde es, dass es einem gleich ein bisschen besser geht. Bestimmt hat das was mit ihren sanften Augen zu tun, mit ihren weichen Mäulern, die mich immer ein bisschen an Oma Lis samtiges Brillenputztuch erinnern, und damit, dass sie so groß und stark sind und dabei so freundlich und lieb.

Wie auf Bestellung trappeln in dieser Sekunde Hufe über das Pflaster. Krümel und ich springen auf und laufen hinaus. Als ich die Abteilung um die Ecke biegen sehe, hab ich eine Idee.

„Du, Krümel", stupse ich sie an. „Hast du morgen Nachmittag schon was vor?"

„Nö", meint sie.

„Cool", grinse ich. „Möchtest du meine Assistentin für außergewöhnliche Angelegenheiten sein?"

„Au ja!" Krümel strahlt mich an, als wäre ich der Osterhase.

Immer noch grinsend gehe ich auf Motte zu, um sie zu begrüßen. Eine fremde Frau sitzt auf ihrem Rücken, aber das ist mir egal. Motte auch. Sie brummelt, als sie mich sieht. Schnell lege ich meine Stirn gegen ihre, schließe die Augen, atme den Geruch ihrer Mähne ein und streichele mit einer Hand über ihr warmes Fell. Motte hält ganz still. Nur ihr weiches Maul bewegt sich und schnobert sanft nach einem Leckerbissen. Obwohl die fremde Frau ziemlich komisch guckt, ist es ein schöner Moment.

Am nächsten Tag hab ich alles, was ich brauche: einen Packen Werbeflyer zum Verteilen, einen Mustervertrag und ein paar Kopien, bunte Luftballons sowie einen hoffentlich guten Plan.

Die Werbeflyer hab ich an Oma Lis Computer entworfen und ausgedruckt. Vorher hab ich extra in der Reha-Klinik angerufen und sie gefragt. Sie hatte nichts dagegen. Im Gegenteil, sie klang total fröhlich und hat mir erzählt, dass sie einen netten Herrn aus Potsdam kennengelernt hat, einen Baubiologen, und dass sie überlegt, noch eine Woche länger zu bleiben, weil der Typ wohl auch so lange bleibt.

„Er ist sehr charmant“, hat sie ins Telefon geflüstert, und dann haben wir beide gekichert.

Den Mustervertrag für die Patenschaften hab ich im Internet entdeckt. Eigentlich ist er für spanische Straßenhunde, aber nach einigen kleineren Änderungen passt er jetzt auch für Pferde. Die Paten dürfen darin selbst bestimmen, wie viel sie bezahlen wollen, aber sie müssen sich für mindestens ein Jahr verpflichten. Dafür bekommen sie dann eine eigene Namenstafel an der Boxentür ihres Patenpferdes, einmal im Vierteljahr ein Foto, das ich für sie mache, und sie dürfen ihr Pferd natürlich auch besuchen, wann sie wollen. Die Namenstafeln werde ich selbst basteln, hab ich überlegt. Vielleicht aus Salzteig. Oder aus Holz, mal sehen. So genau hab ich mich noch nicht entschieden. Außerdem gibt es ein großes Patentreffen. Wie ich das bewerkstelligen soll, weiß ich zwar noch nicht, aber einmal pro Jahr krieg ich das wohl hin. Ich kann ja eine Torte machen und Plätzchen backen. Dreistöckige Erdbeersahnetorte und Nusstaler kann ich am besten. Zu trinken gibt's Kakao. Den mag jeder. Ich weiß nur nicht, ob Mama und Oma Li so begeistert davon wären, wenn ich die ganzen Geschäftsleute zu uns in die Wohnung einlade. Aber solange die ihre Patenpferde nicht mitbringen, geht das wohl in Ordnung.

Am Nachmittag treffe ich mich mit Krümel an der Skatebahn.

Titus und Rudi grinsen zwar, als wir Richtung Reitstall marschieren, aber wenigstens verkneifen sie sich ihre blöden Kommentare.

Ich drücke meiner kleinen Assistentin einen Stapel Werbeflyer in die Pfoten. Auf ihre Frage, was wir genau vorhaben, kann ich ihr leider keine richtige Antwort geben. Es klingt auch für mich alles noch ziemlich verworren, und ich bin nicht sicher, ob das Ganze wirklich funktioniert.

„Zuerst müssen wir Hella überreden, dass sie uns Motte für einen Spaziergang ausleiht“, sage ich vage. „Danach sehen wir weiter.“

Mein hoffentlich guter Plan lautet ungefähr so: Wir überreden Hella, Motte rauszurücken, und gehen mit ihr – also mit Motte, nicht mit Hella – schnurstracks in die Stadt. Dort verteilen wir unsere Flyer und die Luftballons (die wir noch aufpusten müssen) und erregen so Aufmerksamkeit. Wenn wir genug Aufmerksamkeit erregt haben, gehen wir in ein paar Geschäfte und halten den Chefs und Chefinnen unseren Patenvertrag unter die Nasen.

Hier kommt Motte ins Spiel: Sie muss uns begleiten, weil

sie so niedlich ist, dass ihr niemand widerstehen kann. Sie ist sozusagen die Stellvertreterin aller Pferde der Reitschule Pegasus. Wer Motte sieht, verliebt sich auf der Stelle in sie und will sie garantiert ganz bestimmt sofort als Patenpferd adoptieren. Wenn ich eine Geschäftsfrau wäre, würde ich es jedenfalls unbedingt wollen. Es hängt also alles von Motte ab. Aber zuerst müssen wir sie mal haben.

„Worum geht's?“, fragt Hella fünf Minuten später zerstreut.
Krümel erklärt es ihr.
„Mein Bruder und sein Freund sind Jungs, und deine Reitschule ist nur für Mädchen“, plappert sie fröhlich drauflos. „Die beiden haben noch nie ein echtes Pferd aus der Nähe gesehen. Die können sich das gar nicht vorstellen, wie das ist, eins zu streicheln!“
Zum Glück ist heute Ruhetag im Stall. Hella sitzt in ihrem Büro am Schreibtisch. Ihr Gesicht sieht ganz zerfurcht aus. Bestimmt kommt das von all dem Papierkram und den ganzen Rechnungen und Mahnungen, die sich um sie herum auftürmen.

Ich bin ein bisschen abgelenkt, denn vor dem Bürofenster steht Motte und sieht aus, als wüsste sie genau, worum es geht. Sie zwinkert mir zu, ich schwör's!
Und dann höre ich Hella plötzlich seufzen und sagen: „Na gut, eine halbe Stunde, aber nicht länger."
„Geht auch eine ganze?", wende ich vorsichtig ein. In einer halben Stunde schaffen wir es nie, genug Geschäftsleute zu finden, um die Reitschule zu retten!
„Okay, meinetwegen." Hella fasst sich an den Kopf. „Aber jetzt lasst mich bitte in Ruhe, sonst schrei ich."
Weil wir das natürlich unter keinen Umständen wollen, verschwinden Krümel und ich blitzartig aus dem kleinen Büro und ziehen die Tür hinter uns zu. Draußen strahlen wir uns an.
„Du wartest vor dem Stall", ordne ich an. „Ich hole Motte. Wenn du willst, kannst du schon mal ein paar Luftballons aufpusten. Bis gleich."
„Bis gleich!", piepst Krümel, und ihre Augen funkeln vor Begeisterung.

Kapitel 16,

in dem ganz schön viel passiert.

Ich hatte ja keine Ahnung, wie viel Aufsehen es erregt, wenn man mit einem Islandpferd durch unsere Stadt marschiert! Im Nu sind Motte, Krümel und ich von einer Horde Kinder umringt, die sich darum reißen, Motte einmal streicheln zu dürfen. Immer mehr Kinder schließen sich uns an. Ich fühle mich wie der Rattenfänger von Hameln. Fußgänger bleiben stehen. Autofahrer hupen. Manche lachen, andere schütteln die Köpfe.

„Hilfe!“, sage ich zu Krümel, die ungerührt neben mir herstapft und Luftballons und Flugblätter verteilt.

„Was denn?“, meint sie. „Ist doch lustig!“

Motte zuckelt über das Pflaster und nickt dazu mit dem Kopf.

Mann, bin ich froh, dass die so gute Nerven hat! Jedes andere Pferd hätte schon längst die Flucht ergriffen und wäre auf kürzestem Weg zurück in den Stall gelaufen. Das machen Pferde nämlich, wenn ihnen etwas nicht

gefällt: Sie gehen durch und galoppieren nach Hause. Das nennt man Stalltrieb, hab ich neulich gelesen.
Bei Motte überwiegt eindeutig der Forscherdrang. Was für ein Glück!
Gerade als wir die Fußgängerzone erreicht haben – das eigentliche Ziel meiner Planungen, weil es hier die meisten Geschäfte gibt –, fängt es an zu regnen, und zwar richtig. Das hat zwar den Vorteil, dass die Kinderhorde sich quiekend und kreischend auflöst und in alle Winde verstreut, aber es hat auch einen Nachteil: Motte, Krümel und ich sind nämlich innerhalb von Sekunden patschnass. Und nicht nur wir, sondern auch unsere tollen Reklamezettel.

„So eine Schiete!", fluche ich.
Krümel hat in einem Kinoeingang Schutz gesucht und winkt. Motte plinkert mich an. Ehe ich es verhindern kann, setzt sie sich in Bewegung, um sich ebenfalls unterzustellen. Mich zieht sie einfach an ihrem Führzügel hinter sich her.
Ein Mann tritt höflich zur Seite, um Motte und mir Platz zu machen. Der Regen prasselt auf das Vordach, unter dem schon einige Passanten stehen und den Schauer abwarten. Aus dem Kino dringt Popcornduft. Eigentlich ist es ganz gemütlich. Ich hoffe nur, dass Motte nicht

ausgerechnet jetzt auf Klo muss. Auf dem schicken roten Kinoteppich würden sich ihre Pferdeäpfel nicht so gut machen.
„Nettes Pferdchen“, sagt der Mann anerkennend.
„Sie können es adoptieren!“, kräht Krümel von hinten. „Ist gar nicht teuer!“ Sie drückt dem verblüfften Typen ein durchgeweichtes Flugblatt in die Hand und grinst ihn an. „Wenn Sie wollen, puste ich einen Luftballon für Sie auf. Ganz umsonst. Wollen Sie? Ich hab aber nur noch gelbe!“
Die Leute um uns herum lachen. Ich glaub, ich werde rot.

„Nein danke“, lächelt der Mann. Er hat das Flugblatt geglättet und liest es. „Aber das hier klingt sehr interessant. Gehört euch das Pferd?“
Ich erkläre ihm die Situation; dass Hella nicht genug Reitschüler hat; dass ein Verkauf der Pferde droht; und dass Krümel, Motte und ich in einer wichtigen Mission unterwegs sind: Paten zu finden, um die Frauenreitschule im Park zu retten!
Der Mann hört aufmerksam zu. Alle hören aufmerksam zu. Das merke ich daran, dass die Wartenden etwas enger zusammenrücken und Krümel die Flyer aus der Hand ziehen.

Ein Punkerpärchen bestellt zwei Luftballons, obwohl Krümel tatsächlich nur noch gelbe hat.
„Macht nix“, zischt der Punkjunge. Er zischt, weil er zwei Sicherheitsnadeln in der Unterlippe hat.
Das Punkmädchen – es hat einen Ring in der Nase und einen kirschroten Irokesenhaarschnitt – umarmt Motte und sagt ihr, dass sie sie unbedingt adoptieren will. „Ich hatte früher mal ein Shetlandpony. Ich find's voll cool, dass ihr der Reitschule helft!“
Das findet der Mann auch. Mir fällt auf, dass er in seinem dunklen Anzug, den schwarzen Schuhen und mit dem Aktenköfferchen in der Hand wie ein tadelloser Geschäftsmann aussieht.
„Ich würde gerne eine Patenschaft übernehmen“, sagt er und rückt entschlossen seine rosa Krawatte zurecht.
„Wirklich?“
„Jawohl.“
Ich kläre ihn darüber auf, dass er seinen Jahresbeitrag selbst bestimmen darf, dass er ein Namensschild aus Salzteig oder Holz für die Boxentür und Fotos von seinem Patenpferd bekommt und dass ich ihn einmal im Jahr zu Torte, Keksen und Kakao zu mir nach Hause einlade.
Er überlegt nicht lange. „Wo kann ich unterschreiben?“

Ich starre ihn verdattert an. Er scheint es tatsächlich ernst zu meinen!
Ich wühle in meinem Rucksack herum und angele eine Vertragskopie heraus. Zum Glück ist sie fast trocken geblieben.
Der Mann zieht einen schicken silbernen Füller aus seiner Anzugjacke und unterschreibt den Vertrag, nachdem er ihn von vorne bis hinten gründlich durchgelesen hat, auf dem Deckel seines Aktenkoffers, den ich für ihn halte.
Voller Ehrfurcht betrachte ich das Papier. Unser allererster Patenvertrag! Schade, dass Jussi nicht dabei ist, denke ich. Es würde ihm garantiert gefallen, wie gut der Plan funktioniert!
Wenn ich die krakelige Unterschrift richtig entziffere, heißt der frischgebackene Pferdepatenonkel Manfred Duckstein. Ich gratuliere ihm und schüttele ihm förmlich die Hand.
Herr Duckstein verbeugt sich lächelnd.
Krümel lässt vor Begeisterung einen halb aufgepusteten Luftballon los. Mit einem lauten Furzgeräusch schießt er durch die Gegend und bleibt an einem Kronleuchter hängen. Alle lachen. Motte brummelt und scharrt mit einem Vorderhuf.

Auf einmal wollen alle einen Vertrag. Schneller, als ich gucken kann, haben sechs Leute unterschrieben. Sie versprechen, in den nächsten Tagen in die Reitschule zu kommen, um sich ihr Patenpferd persönlich auszusuchen.

Ich fühle mich wie in einem Traum und wache erst auf, als der Kinobesitzer auftaucht und unsere Versammlung auflöst.

„Bringt sofort dieses Pferd hier raus!“, brüllt er. „Wo gibt’s denn so was? Ein Pferd im Kino!“

„Sie können es adoptieren!“, ruft Krümel ihm zu.

Weil der Typ nicht so aussieht, als hätte er Interesse daran, ziehe ich sie und Motte schnell hinter mir her in die Fußgängerzone.

Die neuen Pferdepaten verabschieden sich von uns und wünschen uns viel Glück. Das Punkermädchen – es heißt übrigens Luna, und ihr Freund mit den Sicherheitsnadeln wird Bongo genannt, weil er so gerne trommelt – umarmt Motte noch einmal und haucht ihr einen Kuss aufs Ohr.

Krümel und ich stehen ein Weilchen unentschlossen herum, nachdem alle weg sind.

„Wie viele Patenonkel und -tanten brauchen wir eigentlich noch?“, fragt Krümel.

„Keine Ahnung." Ich strubbele Motte durch die Mähne. Sie lehnt mit ihrem Hinterteil an einem Laternenpfahl. „So viele wie möglich."

Ein kleiner, hutzeliger Opa mit kariertem Hut und zwei Aldi-Tüten bleibt vor uns stehen. „Seid ihr vom Zirkus?"

„Nee", kichert Krümel.

Der Opa stellt seine Einkaufstaschen ab, zieht ein abgewetztes Portemonnaie aus seiner Hosentasche und wühlt darin umständlich nach einem Eurostück, das er Krümel in die Hand drückt. „Als ich jung war, war ich auch beim Zirkus", sagt er.

Krümel will ihm das Geld zurückgeben, aber er schüttelt den Kopf. „Kauft dem Pferdchen ein paar Rüben." Er stopft das Portemonnaie zurück, rafft seine Tüten zusammen und wackelt davon.

„Danke!", rufen Krümel und ich ihm hinterher.

„Das kommt in eine Extra-Spendenkasse", schlage ich vor, aber Krümel ist schon zu einem Marktstand gelaufen und sucht ein paar schöne Mohrrüben für Motte aus. Ich nicke ihr zu. So brav, wie Motte ist, hat sie sich wirklich eine Belohnung verdient!

Wenig später setzen wir unsere Mission fort. Nach dem Zwischenfall mit dem schimpfenden Kinobesitzer traue ich mich nicht, Motte mit in die Geschäfte zu nehmen. Also gehe ich alleine hinein, reiche den netten Damen hinter den Kassen unsere Flyer und zeige durch die Schaufensterscheiben nach draußen, wo Krümel und Motte stehen und niedlich gucken. Fast alle sind freundlich zu mir und versprechen, ihre Chefs zu überreden, ein Pferd zu adoptieren und für die Reitschule Reklame zu machen. Ich rechne im Kopf nach. Wenn nur die Hälfte tatsächlich einen Patenvertrag abschließen würde, wären die Amazonen gerettet. Juhu!

Während wir gemütlich weiterschlendern, sehe ich am Ende der Einkaufsstraße plötzlich einen Streifenwagen auftauchen.

Blitzschnell ziehe ich Krümel und Motte in eine Seitenstraße. Ich bin mir nicht sicher, ob das, was wir hier machen, erlaubt ist. Wenn schon das Radfahren in der Fußgängerzone verboten ist, ist es garantiert auch verboten, dort mit einem Pferd spazieren zu gehen.

Vielleicht hat sich jemand über uns beschwert und die Polizei angerufen? Der Kinobesitzer fällt mir ein. Der schien ziemlich schlechte Laune gehabt zu haben. Außerdem sind wir noch Kinder. Dürfen wir eigentlich schon Verträge abschließen? Miese Muschelpampe, daran hab ich überhaupt nicht gedacht!

Mir rutscht das Herz in die Hose und von da aus geradewegs in die Socken. War vielleicht alles umsonst? Sind die Verträge ungültig, und werden die Pferde jetzt trotzdem verkauft? Ich lehne mich gegen Motte und seufze.

„Ist was?“, fragt Krümel.

„Nee.“ Ich schüttele den Kopf. „Ich glaub, wir haben genug Paten. Lass uns nach Hause gehen. Bestimmt wartet Hella schon auf uns.“

Für den Rückweg zum Stall nehmen wir eine ruhige Nebenstraße und kommen zufällig an Papas Büro vorbei. MAKLERBÜRO BLUNCK UND PARTNER steht in Großbuchstaben auf einem blank polierten Messingschild.

Moment mal!, denke ich und mache eine Vollbremsung. Papa ist Geschäftsmann, und er kennt sich supergut mit Verträgen aus! Wieso bin ich nicht früher darauf gekommen? Er kann Patenonkel für ein Pferd werden und mir gleichzeitig sagen, wie das mit den Verträgen ist. Vielleicht war doch nicht alles umsonst!

Mit klopfendem Herzen wende ich mich an Krümel: „Ich muss mal kurz da rein. Du wartest so lange hier unten mit Motte. Ich bin gleich zurück, okay?“

Krümel nickt und krault Motte hinter den Ohren, während ich die Tür aufreiße, durch die Eingangshalle flitze und die Treppe hinaufstürme. Papas Büro ist im ersten Stock, dafür brauche ich keinen Fahrstuhl.

Zum Glück ist Papa da. Gitti, seine Sekretärin, schickt mich gleich zu ihm, als ich ihr sage, dass es sich um einen dringenden Notfall handelt.

„Lotte!“ Papa springt mit erschrockenem Gesicht hinter seinem Schreibtisch auf. Es kommt nicht so oft vor, dass ich ihn in seinem Büro besuche. „Ist was passiert?“

„Nee, nix“, beruhige ich ihn. „Ich hab nur zwei Fragen.“

Er setzt sich wieder hin.

Ich angele einen Flyer und einen Patenvertrag aus meinem Rucksack und lege beides vor ihn auf die Tischplatte.

„Ist das gesetzlich erlaubt?“, frage ich ihn und: „Möchtest du vielleicht Pferdepatenonkel werden?“

Er starrt mich an, als hätte ich plötzlich neongrüne Haare oder marsianisch gesprochen. Oder beides zusammen.

„Lotte“, murmelt er und mustert die Papiere. „Was hast du angestellt?“

Ich versuche, es ihm mit möglichst wenigen Worten

schonend beizubringen, was gar nicht so einfach ist, als mit einem Mal lautes Poltern durch die Bürotür dringt und kurz darauf Gitti aufschreit. Ich glaube jedenfalls, dass es Gitti war, denn ungefähr eine Millisekunde später schiebt sie ihren Kopf durch einen Türspalt, ohne vorher angeklopft zu haben. Das kann Papa gar nicht gut leiden.

„Was ist denn?“, fragt er mit krauser Stirn.

„Da ... da ...“, stammelt Gitti.

Papas Stirn wird noch krauser.

Gitti räuspert sich.

„Da ist ein Pferd im Flur“, vollendet sie ihren Satz mit leicht brüchiger Stimme. „Es ... es hat die Bodenvase umgeworfen und ... und frisst die Blumen.“

Ich will gerade loslachen, da fällt mir ein, dass es sich bei diesem Pferd nur um Motte handeln kann. Ich meine, wie viele Pferde gibt es wohl in diesem Bürohaus? Und wisst ihr zufällig, wie viel Chaos so ein einzelnes Pferd anrichten kann? Mal ganz abgesehen von der Frage, wie Motte hier heraufgekommen ist? Es ist unbeschreiblich!

Papa und ich sprinten gleichzeitig los. Gitti kann sich gerade noch mit einem beherzten Sprung hinter einem Aktenschrank in Sicherheit bringen. In der engen Bürotür blockieren Papa und ich uns gegenseitig und stecken kurz fest. Ich kann mich als Erste befreien und schlüpfe hindurch, um haargenau in derselben Sekunde wie erstarrt stehen zu bleiben.

Motte und Krümel stehen vor mir. Krümel grinst. Motte auch, zumindest bilde ich es mir ein. Aus ihrem Maul hängt ein Blumenstängel und wippt auf und ab. Sie brummelt fröhlich, als sie mich sieht, und scharrt mit dem Vorderhuf auf Papas Teppichboden.

„Motte!“, rufe ich streng.

„Lotte!“, ruft Papa noch strenger.

Wir schauen uns an.

„Kannst du mir das erklären?“, fragt er.

„Klar“, nicke ich. „Kann ich.“

Krümel meldet sich mit einem kleinen Kichern zu Wort. „Sie wollte nicht unten bleiben und ist einfach losgerannt. Ich konnte sie nicht festhalten. ’tschuldigung.“

„Sie ist die Treppe hochgelaufen?“, staune ich. Ich wusste wirklich nicht, dass Pferde das können!

Krümel nickt stolz.

„Lotte“, sagt Papa noch einmal, und seine Stimme hat einen flehenden Klang. „Wie kommt dieses Pferd hierher?“

Kapitel 17,

in dem Motte Fahrstuhl fährt, ich von allen Seiten angemeckert werde und wir schließlich eine Lösung finden.

Es dauert ein bisschen länger, alles zu erklären. Aber noch länger dauert es, Motte aus dem Büro zu bugsieren. Vor allem, als sich herausstellt, dass sie die Treppe zwar hinaufgekommen ist, sich aber standhaft weigert, sie auch wieder hinunterzuklettern. Wie ein störrischer Esel steht sie breitbeinig vor dem oberen Treppenabsatz, beide Ohren angelegt, und macht keinen Schritt vor und keinen zurück.

Angelockt von dem Getöse und unseren aufgeregten Stimmen, sind inzwischen einige Schaulustige aus den anderen Büros hinzugekommen. Sie umringen uns neugierig, füttern Krümel und Motte mit Butterkeksen und geben kluge Ratschläge.

„Man muss ihr die Augen verbinden“, schlägt eine dicke Dame in einem geblümten Kleid vor.
„Das ist ja Tierquälerei!“, empört sich eine hagere Blondine. Ich kann ihr nur zustimmen. Mit verbundenen Augen sieht Motte doch gar nicht, wo sie hintritt! Soll sie sich etwa das Genick brechen? Vorschlag abgelehnt!
Motte schnappt nach dem Kleid der Dame. Wahrscheinlich gefallen ihr die Blumen.
Irgendwann taucht der Hausmeister auf und kratzt sich am Kopf. Mein Blick fällt zufällig auf seine Armbanduhr. Schon so spät? Hilfe! Hoffentlich hat Hella noch keinen Suchtrupp losgeschickt!

Der Hausmeister, er heißt Jörg Jensen, schlägt vor, dass Motte einfach mit dem Aufzug nach unten fahren soll. Dass ich da nicht selbst draufgekommen bin!
„Passt das Pferd denn da überhaupt rein?“, fragt die dicke Blumendame.
Wenn du da reinpasst, bestimmt!, denke ich, behalte es aber lieber für mich.
Herr Jensen kratzt sich noch einmal ausführlich am Kopf und zieht ein Schlüsselbund aus seiner Kitteltasche. „Man kann die Kabine vergrößern“, sagt er. „Für besondere Lasten. Krankentransporte, große Möbel und Särge.“

„Särge??“ Die Stimme der Dame klingt schrill.

Krümel und ich kichern. Papa wirft uns einen strengen Blick zu und niest.

Herr Jensen ist die Ruhe in Person. Ohne auf den Einwurf zu achten, ruft er den Aufzug in den ersten Stock und blockiert die Tür, damit sie nicht mehr automatisch schließen kann. Dann verschwindet er in der Kabine und öffnet mit einem speziellen Schlüssel eine Schiebetür an der Rückseite. Im Nu ist die Kabine fast doppelt so tief wie vorher. Locker genug Platz für ein Islandpferd!

„Und was ist mit dem Gewicht?“, meckert die Blumentante. „Das Pferd ist doch viel zu schwer für den Aufzug!“

Niemand beachtet sie, nur Herr Jensen grummelt: „Das passt schon.“

Der Meinung scheint Motte auch zu sein. Interessiert wendet sie sich von der Treppe ab und dem Fahrstuhl zu und beschnuppert ihn ausführlich, bevor sie zuerst einen Huf hineinsetzt und dann den nächsten. Ihr Vorderteil ist jetzt im Aufzug, nur das Hinterteil steht noch im Treppenhaus.

Ich drängele mich an ihr vorbei, damit ich sie von vorne mit einem Butterkeks weiter hineinlocken kann. Den hat mir die magere Blonde schnell in die Hand gedrückt.

„Soll ich mal von hinten schieben?“, fragt Krümel.

„Nee, lieber nicht! Wenn Motte einen Schreck kriegt, keilt sie vielleicht aus!“ Ich halte Motte den Keks unter die Nase. Sobald ihre Lippen danach angeln wollen, ziehe ich meine Hand ein Stück zurück. Mottes Hals wird lang, länger und noch länger. Als er schließlich seine maximale Gesamtlänge erreicht hat, bleibt ihr gar nichts anderes übrig, als einen Schritt vorwärts zu machen, wenn sie den Keks erreichen will. Gleichzeitig mache ich einen Schritt rückwärts.

„Komm, Mottchen“, locke ich sie leise. „Das ist ein echt leckerer Keks!“

Es ist ein bisschen gemein, aber es klappt. Jedes Mal wenn Motte nach dem Keks schnappen will, ziehe ich ihn weg. So lange, bis sie komplett in der Aufzugkabine steht. Erst dann gebe ich ihr die Süßigkeit zur Belohnung und klopfe ihr den Hals. Zufrieden zerknurpselt sie das Gebäck und stupst mich mit ihrem großen Kopf an.

„Nee, mehr gibt’s nicht“, sage ich. „Erst wenn wir unten sind.“

Ich nicke Herrn Jensen zu, dass er die Tür schließen kann. Papa schnappt hörbar nach Luft.

„Du kannst doch nicht alleine mit dem Pferd …“, setzt er an.

Wie es weitergeht, krieg ich leider nicht mit, weil die Tür schon fast zu ist, aber wahrscheinlich wollte er „Du kannst doch nicht alleine mit dem Pferd Fahrstuhl fahren!“ oder so was Ähnliches sagen.

Doch, kann ich! Die Fahrstuhltür schließt sich mit einem leichten Ruck. Motte und ich sind allein. Ich hangele mich an ihr vorbei und drücke auf einen Leuchtknopf an der Wand: EG für Erdgeschoss. Mottes Ohren spielen nervös. Als der Aufzug sich in Gang setzt, hebt sie ihren Schweif und lässt ein paar prächtige Pferdeäpfel fallen.

„Na toll!“, seufze ich. „Auch das noch.“

Ungefähr eine halbe Stunde später sitze ich in Hellas winzigem Büro. Krümel und ich haben Motte geführt. Papa ist mit dem Auto hinter uns hergefahren. Ich weiß nicht, was ich erwartet habe. Ein bisschen Lob für unseren genialen Plan vielleicht. Auch ein kleines Dankeschön, dass wir versucht haben, die Reitschule zu retten, wäre nett. Irgend so was in der Art.

Stattdessen hagelt es eine Standpauke von links und eine von rechts. Links steht Hella, rechts Papa. Und ich hocke mittendrin auf einem klapprigen Stuhl. Möchte zufällig jemand mit mir tauschen?

Krümel durfte nach Haus gehen. Na gut, das ist fair. Erstens ist sie noch viel zu klein für so viel Gemecker, und zweitens war das Ganze nicht ihre Idee. Dass sie mir noch geholfen hat, die Pferdeäpfel aus dem Fahrstuhl zu sammeln, war echt cool. Sie ist wirklich die allerbeste Assistentin für außergewöhnliche Angelegenheiten, so viel steht fest!

„Ein Herr Duckstein hat angerufen und wollte wissen, wann er sich sein Patenpferd aussuchen kann! Kannst du mir mal verraten, was ich dem sagen sollte? Ich wusste doch von nichts!", blubbert Hella von links. „Mensch, Lotte … Mir erzählst du, dass du mit Motte einen Spaziergang in den Park machst, und stattdessen marschierst du quer durch die Stadt mit ihr! Was da alles hätte passieren können! Ich darf gar nicht daran denken!"

Schuldbewusst senke ich meinen Kopf. Das hab ich auch schon überlegt. Was, wenn Motte beispielsweise im Fahrstuhl stecken geblieben wäre? Bestimmt hätte die Feuerwehr kommen müssen, um sie zu befreien! Bei dem Gedanken, was das gekostet hätte, wird mir ganz flau in den Kniekehlen. Das Geld von Tante Harri hätte bestimmt nicht gereicht.

„Entschuldigung“, murmele ich. „Tut mir leid.“
Hella grummelt etwas Unverständliches.
„Zum Glück bist du noch minderjährig und nur beschränkt geschäftsfähig!“, schnauzt Papa von rechts. „Ohne Einwilligung von Mama und mir sind die Verträge, die du aufgesetzt hast, schwebend unwirksam!“
Ich bin nur froh, dass Papa es sich verkniffen hat, Mama zu alarmieren. Die wäre garantiert sofort angerückt, und dann würden jetzt drei Helikopter über mir kreisen und rumkreischen. Mir genügen schon diese beiden. Am liebsten würde ich mir die Ohren zuhalten.
Beschränkt geschäftsfähig, schwebend unwirksam …
Solche doofen Formulierungen können sich auch nur Erwachsene ausdenken!
„Was heißt das denn?“, frage ich vorsichtig.
Papa erklärt es mir: „Dass die Verträge ungültig sind!“
Ich zucke zusammen. Jetzt war doch alles umsonst.
Unser schöner genialer Plan!
Normalerweise weine ich nicht besonders schnell, aber als ich das höre, spüre ich, wie mir die Tränen in die Augen schießen. Einfach so, ohne Vorwarnung. Ich kann sie nicht zurückhalten und heule los.
Papa und Hella wechseln einen mitleidlosen Blick, was ich ganz schön hartherzig finde. Ich leide wirklich. Ich

bin sogar erschüttert. Aber das scheint die beiden nicht die Bohne zu interessieren. Erwachsene können echt gemein sein!

Ich steigere mich so richtig schön in meine Heulerei hinein und wische mir gerade den Rotz mit dem Ärmel ab, als es an die Tür klopft.

„Ja, bitte!“, ruft Hella.

Die Tür wird vorsichtig geöffnet. Ein kirschroter Irokesenschopf lugt um die Ecke. Luna, das Punkmädchen aus der Fußgängerzone! Ich höre schlagartig mit dem Schniefen auf.

„Hi!“, sagt Luna und grinst, als sie mich sieht.

„Hi“, schnüffele ich zurück.

Luna lässt eine blaue Kaugummiblase platzen.

Neben ihr taucht Bongo auf. Seine Sicherheitsnadeln funkeln.

„Wir wollten mal gucken, wie's läuft“, sagt er. „Mit den Paten und so.“

Papa runzelt die Stirn. Hella will etwas sagen, aber sie schafft nur ein heiseres Krächzen.

„Nicht so gut“, antworte ich wahrheitsgemäß und bedenke zuerst Papa und anschließend Hella mit einem äußerst missbilligenden Blick. „Meine Patenverträge sind leider ungültig, weil ich noch zu jung für so was bin.

An-geb-lich." Bei dem letzten Wort betone ich jede Silbe extra.

„Krötenshit!", flucht Luna. „Wieso das denn? Gibt's doch gar nicht, ey!"

Papa räuspert sich. „Ich nehme an, die Herrschaften sind auch … Paten?", wendet er sich an mich.

„Logo", sagt Bongo. „Wir wollten unser Patenhottehü mal besuchen."

„Tja", meint Papa. „Daraus wird nun wohl leider nichts. Tut mir leid. Auf Wiedersehen."

Luna schnappt nach Luft, als hinter ihr plötzlich ein junger Mann mit Brille auftaucht.

„Guten Tag!", ruft er fröhlich. „Mein Name ist Jan Oppermann vom Neuen Stadtboten. Bin ich hier richtig in der Frauenreitschule Pegasus?"

Hella hat ihre Stimme wiedergefunden und nickt. „Ja, aber es ist gerade ein bisschen ungünstig."

„Macht nichts. Ich warte gern", strahlt Herr Oppermann. Er schwenkt einen Fotoapparat in der Hand. „Darf ich in der Zwischenzeit vielleicht schon ein paar Aufnahmen machen?"

„Aufnahmen?", fragt Hella. „Wovon?"

„Na, von den Patenpferden! Ich hatte vorhin auf Ihren Anrufbeantworter gesprochen, wegen dieser großartigen

Aktion zur Rettung der Reitschule. Die halbe Stadt spricht darüber!"

„Ach", murmelt Hella. „Tatsächlich? Ich hab den AB noch gar nicht abgehört."

„Ich würde gerne auch die beiden Mädchen interviewen, die für die ganze Sache verantwortlich sind." Herr Oppermann mustert mich neugierig. „Natürlich nur, wenn das möglich ist. Am liebsten wäre mir eine große Reportage mit allem Drum und Dran, Fotos, Interviews, Hintergrundinformationen. Ich könnte mir vorstellen, dass der eine oder andere private Fernsehsender auch darauf aufmerksam wird. Das wäre doch eine super Werbung für Ihren Reitstall!"

Hella guckt mich an. Ihr Gesicht ist streng, aber nicht mehr böse. Um ihre Mundwinkel zuckt es ein kleines bisschen, als würde sie gerne lächeln.

„Warten Sie doch bitte draußen", sagt sie zu Luna, Bongo und Herrn Oppermann. „Wir kommen gleich nach."

Als wir alleine sind, seufzen Hella und Papa gleichzeitig.

Ich hole ganz tief Luft, und dann sprudelt es aus mir heraus: „Ich hab das alles doch nur gemacht, um der Reitschule zu helfen! Charlie hat mir erzählt, dass es nicht genug Reitschüler gibt und dass du die Rechnungen

nicht mehr bezahlen kannst und vielleicht die Pferde verkaufen musst!“ Ich spüre, dass mir schon wieder dicke Tränen übers Gesicht laufen.
Trotzig wische ich sie weg und spreche weiter: „Ich will aber nicht, dass Motte verkauft wird! Ich will nicht, dass die Reitschule geschlossen wird! Ich hab’s doch nur gut gemeint! Und jetzt macht ihr alles kaputt! Ihr seid gemein!“
Begleitet von einem lauten Schluchzen ziehe ich die Beine an, lege meinen Kopf auf die Knie und kringele mich auf dem Stuhl zusammen. Am liebsten wäre ich woanders. Egal wo, Hauptsache weit weg.
Im Büro ist es still. Keiner sagt etwas. Ich heule leise vor mich hin. Plötzlich spüre ich eine Hand auf meinem Rücken und wenig später eine zweite.
„Ach, Lottchen …“, höre ich Papa murmeln.
„Ojemine“, sagt Hella. „Ich glaube fast, wir müssen uns bei dir entschuldigen.“
Ich schaue auf.
„Ich dachte, es wäre nur ein blöder Streich gewesen“, erklärt Hella mir, „mit Motte durch die Stadt zu spazieren und fremde Menschen anzusprechen.“
„Dabei war es eine Geschäftsidee.“ Papa streicht mir über den Kopf. „Und eine gar nicht mal schlechte. Du

hast Werbung für die Reitschule gemacht und Menschen gefunden, die sie finanziell unterstützen wollen."

„Und das alles an einem einzigen Nachmittag." Endlich lächelt Hella. „Respekt, Lotte. Und danke schön. Auch wenn ich wünschte, du hättest vorher mit mir darüber gesprochen."

Ich wachse um ein paar Zentimeter. Da sind sie: das Lob und das Dankeschön. War vielleicht doch nicht alles umsonst?

„Aber was ist mit den Verträgen?", wende ich ein. „Wenn die Dinger fliegend ungültig sind, kann man sie doch gleich in die Tonne treten!"

„Es heißt schwebend unwirksam", verbessert Papa mich, „nicht fliegend ungültig. Wir müssen die Verträge natürlich im Einzelnen prüfen und die Unterzeichner fragen, ob sie ihre Patenschaften unter diesen Umständen aufrechterhalten möchten. Wenn Mama und ich als deine Erziehungsberechtigten mit unterschreiben und in die Verträge einwilligen, steht den Pferdepatenschaften nichts im Wege.

Er sieht Hella an. „Oder Hella schließt ganz neue Verträge ab. Es werden sich bestimmt noch weitere Interessenten melden, wenn erst die Zeitung und das Fernsehen darüber berichten."

Hella zuckt ein bisschen zusammen, aber dann sagt sie freundlich: „Ganz ohne Erwachsene geht es leider manchmal nicht, Lotte. Aber wir kriegen das schon hin. Die Idee ist so klasse, dass ich mich fast ärgere, nicht selbst darauf gekommen zu sein! Ich hoffe, du erlaubst mir, sie weiterzuführen?“

„Na klar!“, sage ich. Das wäre ja wohl noch schöner!

„Wunderbarchen!“, strahlt Hella. „Die nächsten drei Reitstunden gehen aufs Haus. Ich lade dich ein und deine kleine Assistentin auch.“

„Juhu!“, juchze ich. „Danke!“

Ich kann mein Glück kaum fassen. Krümel wird ausflippen, wenn ich ihr das erzähle!

„Sieht aus, als wäre die Frauenreitschule Pegasus gerettet“, grinst Papa. „Ich liebe Happy Ends!“

„Ich auch!“, jubele ich. „Und wie!“

Plötzlich fällt mir etwas ein.

„Du, Papa“, sage ich gedehnt, „hättest du nicht ganz zufällig ein klitzekleines bisschen Lust, auch ein Pferd zu adoptieren?“

Papa reibt sich das Kinn.

„Daran hab ich auch schon gedacht“, gibt er zu. „Ich hätte allerdings eine Bedingung.“

„Welche denn?“, frage ich.

„Ich wäre gerne der Patenonkel von dem runden Pferd mit der blonden Mähne, das vorhin meine Blumen gefressen hat und Fahrstuhl gefahren ist."

„Du meinst Motte? Logo!" Ich springe auf und falle ihm um den Hals. „Das ist perfekt! Ich bastle dir ein supercooles Schild für ihre Boxentür, und du kriegst jede Woche ein neues Foto von ihr!"

Hella macht sich eine Notiz. „Maklerbüro Blunck und Partner übernimmt die Patenschaft für Motte Morgungjöf. Ist geritzt! Und jetzt lasst uns mal gucken, was dieser rasende Reporter und die beiden Punks in der Zwischenzeit angestellt haben."

„Bestimmt haben sie sich ein passendes Patenhottehü ausgesucht", kichere ich.

„Solange sie dem armen Tier die Mähne nicht lila färben und ihm keinen Ring durch die Nase ziehen, ist mir alles recht." Hella lacht.

Und dann legt mir Papa einen Arm um die Schultern, und wir gehen alle zusammen in den Stall. Papa niest nicht ein einziges Mal, obwohl er doch eigentlich allergisch gegen Pferde ist.

Kapitel 18

Alles hat ein Ende, aber manches fängt auch erst an.

Ja, das stimmt. Irgendwie hat alles ein Ende. Der Sommer zum Beispiel und dieses Buch auch, leider. Aber Momentchen, die Geschichte geht ja noch ein bisschen weiter …

Nächste Woche fangen tatsächlich schon die Herbstferien an. Wenn ich Skateboard fahre, muss ich manchmal schon einen dicken Pullover überziehen. Tante Harri hat mir einen gestrickt. Aus Ziegenwolle, Entendaunen und Feenhaar, wie sie behauptet. Auf jeden Fall ist er schön bunt. Sie hat die Wolle selbst gesponnen und mit Naturfarben wie einen Regenbogen eingefärbt. Der Pulli ist kuschelig warm und weich. Ganz bestimmt liegt das an den Feenhaaren und den Entendaunen.
Motte mag den Pulli auch. Neulich hat sie nach der Reitstunde einen Ärmel erwischt, darauf rumgekaut und

einen Faden rausgezogen. Jetzt ist der rechte Arm ein Stückchen länger als der linke und untenrum aufgeröppelt. Aber Oma Li meint, sie kriegt das wieder hin.

Oma Li geht es übrigens gut. Sie ist jetzt schon eine ganze Weile wieder zu Hause. Zwar humpelt sie noch ein bisschen und muss an einem Stock gehen, aber sie hat sich ein total witziges Modell ausgesucht: schwarz wie Lakritz und mit vielen kleinen himmelblauen Veilchen drauf. Falls ich mir mal den Fuß verstauchen sollte, leih ich mir den von ihr aus.

Gestern haben wir Schokosuppe mit Sahnehäubchen

zum Mittag gegessen. Für Eierschneeschwäne hatten wir leider nicht genug Eiweiße, aber mit der Sahne war's auch sehr lecker.

Nächstes Wochenende will Oma Li nach Potsdam fahren, um ihren Baubiologen aus der Reha-Klinik zu besuchen. Na, wenn das mal gut geht! Ich glaub, Papa macht sich jetzt schon Sorgen und kommt nachts nicht mehr in den Schlaf. Aber ich finde, Oma ist alt genug. Die kann schon auf sich alleine aufpassen. Und für Potsdam braucht sie sich nicht mal einen neuen Badeanzug zu kaufen.

Ach, noch was ist passiert: Unsere Wildenten sind weg! Schon seit ein paar Tagen. Ich hab gestern Abend mit

Tante Harri telefoniert. Sie meinte, die wären vermutlich weitergezogen und hätten sich irgendwo anders ein neues Revier gesucht.
Unser Teich hat sich jedenfalls prima von dem Besuch der Killerenten erholt. Mit dem letzten Geld aus der Klassenkasse haben wir neue Pflanzen gekauft und aus Bruchsteinen von der alten Fabrik zwei Insektenhotels und einen Igelunterschlupf gebaut.
Jetzt ist unser Projekt fertig. Das Poster hängt im Rathaus, wo alle es sich angucken und meine Libellenzeichnung bewundern können. Und das Beste: Wir haben tatsächlich einen Preis dafür bekommen! Die Jury von der Umweltbehörde und der Stadt fand unser Projekt „überzeugend und vorbildlich“ und hat ihm das Prädikat „nachahmenswert“ verliehen.
Am letzten Schultag vor den Herbstferien findet die Preisverleihung im Büro des Bürgermeisters statt. Ich bin jetzt schon aufgeregt, wenn ich daran denke! Mama und Papa kommen auf jeden Fall. Oma Li auch; aber nur, wenn ihre Hüfte nicht zwickt. Vielleicht will sogar Tante Harri kommen und Jussi mitbringen, aber das steht noch nicht ganz fest.
Nachdem Jan Oppermann Krümel, Motte und mich interviewt und fotografiert hatte (natürlich hat er Motte

nicht interviewt, sondern nur fotografiert), ist in der Reitschule wieder Ruhe eingekehrt. Aber zuerst war da echt der Teufel los!

Nach dem Zeitungsartikel im Stadtboten und einem kurzen Bericht in einem Regionalsender haben sich so viele Paten gemeldet, dass Hella eine Warteliste einrichten musste. Wahnsinn, oder?

Auf jeden Fall ist die Reitschule im Park gerettet und die Pferde sind es auch. Manche Paten kommen regelmäßig zu Besuch. Luna, Bongo und Herr Duckstein zum Beispiel. Luna und Bongo sind die Paten von Kasimir

geworden, einem alten grauen Shetlandpony, das bei Hella sein Gnadenbrot bekommt. Bis jetzt haben sie ihm weder die Mähne lila gefärbt noch die Hufe lackiert.

Herr Duckstein hat den wilden Dino adoptiert und denkt darüber nach, Reitstunden zu nehmen. Er ist zwar ein Mann, aber Hella hat gemeint, dass sie für ihn eine Ausnahme machen würde. Ich glaube, die beiden mögen sich. Jedenfalls kommt Herr Duckstein ziemlich oft in den Reitstall und verbringt viel mehr Zeit in Hellas Büro als bei Dino im Stall. Und er bringt jedes Mal Blumen und Mon Chéri mit. Das ist sogar Krümel schon aufgefallen.

Krümel, meine Assistentin für außergewöhnliche Angelegenheiten, hat ihre Rollschuhe übrigens an den Nagel gehängt. Sie hilft Hella lieber beim Pferdeputzen und darf dafür ab und zu umsonst reiten. Und meine Mutter hat ihre Kiste mit den Pferdesachen aus dem Keller geholt und sich bei Hella für ein paar Wiederaufsteigerinnenstunden angemeldet. Das ist ihre Art, die Reitschule Pegasus zu unterstützen.

Und ich? Ich muss mich beeilen, weil ich heute ziemlich viel zu erledigen habe. Zuerst muss ich mal die neuen Rollen für mein Skateboard abholen, die ich mir von meinem letzten Taschengeld bestellt habe. Dann bin ich mit Rudi und Titus an der Bahn verabredet. Und danach will ich noch zu Motte, wo Mama mich später abholen will.

Die drei Gratisreitstunden von Hella hab ich natürlich längst abgehakt, aber Mama und Papa haben mich schon für einen neuen Reitkurs angemeldet. Sie sind nämlich der festen Überzeugung, dass das Reiten und der Umgang mit den Pferden und den anderen Mädchen mir guttun würden. Sie finden, ich hätte mich „positiv entwickelt".

Okay, wenn sie meinen … Ich hab nichts gegen eine positive Entwicklung; jedenfalls nicht, solange ich zu Motte darf.

Ich stopfe die Reitsachen und ein Buch in meinen Rucksack und klemme mir mein Skateboard unter den Arm. Wenn ich Glück habe und einen Zahn zulege, erwische ich noch die U-Bahn, die direkt vor Hop ’n’ Roll, dem Skateboardladen, hält.

Geschafft! Ich quetsche mich in der U-Bahn auf einen freien Platz und ziehe aufatmend das Buch aus meinem Rucksack. Jussi hat es mir geliehen und gemeint, es wäre voll cool. Es handelt von einem Jungen und einem schwarzen Hengst, die zusammen mit einem Schiff untergehen und auf einer einsamen Insel stranden, wo sie sich miteinander anfreunden.
Oma Li behauptet ja immer, dass ein Buch wie eine Wollsocke ist. „Wenn es zu dir passt“, sagt sie, „schlüpfst du hinein und fühlst dich wohl!“
Also, dieses Buch ist eine echte Wollsocke! Kaum schlage ich es auf, fühle ich mich sauwohl. Besonders, als mir das Lesezeichen entgegenfällt. Es ist ein Foto von Jussi und seiner Dicken Tante. Sie stehen am Strand von Knückerkoog. Über ihnen schweben zwei Möwen im Wind, im Hintergrund ist der gestreifte Leuchtturm. Die Mähne

und der Schweif der Dicken Tante flattern im Wind. Jussi grinst. Seine Jeans ist hochgekrempelt, sodass man seine braunen Beine sehen kann.

Ich kann fast das Meer riechen und den Sand unter meinen Füßen spüren, wenn ich das Foto angucke. Ob ich in den Herbstferien hinfahren darf? Ich würde wirklich gerne. Obwohl ich natürlich auch gerne bei Motte bleiben möchte.

Aber vielleicht kann ich die Ferien aufteilen? In der ersten Hälfte fahre ich nach Knückerkoog, und die zweite Hälfte gehört Motte.

Jepp, das ist eine Spitzenidee, Lotte Blunck! Du musst nur noch deine Eltern davon überzeugen …

Am Hauptbahnhof springe ich aus der U-Bahn und hüpfe ins Hop 'n' Roll. Wie immer ist die Hiphop-Musik so laut in dem Laden, dass mir fast die Ohren wegfliegen, aber meine Rollen liegen schon abholbereit an der Kasse. Ich muss sie nur noch schnell bezahlen.

Wenig später bin ich im Park. Titus und Rudi sind schon da. Und noch jemand. Er fängt mit Max an und hört mit Müller auf.

Räudiges Radieschen! Was will der denn hier?

„Tach“, sagt er ein bisschen verlegen. Sein linker Fuß steht auf einem nigelnagelneuen Skateboard. Außerdem trägt er Knie- und Ellbogenschoner. Fehlt nur noch der Helm.

„Hi.“ Ich nicke ihm zu. „Seit wann hast du ein Skateboard?“

„Zum Geburtstag gekriegt“, nuschelt er. „Gestern.“

„Herzlichen Glückwunsch nachträglich“, antworte ich und meine es sogar ehrlich. Dass wir ein paarmal zusammen um den Ententeich gerobbt sind, hat unserer Feindschaft echt gutgetan. Sie hat sich sozusagen „positiv entwickelt“ und tiefenentspannt.

Ich winke ihm zu und gehe zu Rudi und Titus, die schon auf mich warten. Krümel ist nicht da. Ich wette, sie ist im Stall.

Mit Hilfe der Jungs sind die neuen Rollen blitzschnell montiert, und ich flitze gleich los, aber irgendwie kann ich mich nicht auf die Bahn und die Sprünge konzentrieren. Ich ertappe mich dabei, dass ich an Motte denke und viel lieber bei ihr wäre. Das ist mir neulich schon mal passiert. Hm, merkwürdig …

Plötzlich muss ich wieder an diesen Pferdevirus denken. Hat er mich tatsächlich erwischt?

Der Pferdevirus vielleicht nicht, denke ich. Aber der Mottevirus ganz bestimmt!
„Ich hau ab!“, rufe ich Titus und Rudi zu.
„Jetzt schon?“ Titus macht ein erstauntes Gesicht. „Du hast die Rollen ja noch gar nicht eingefahren!“
„Mach ich morgen!“, verspreche ich und rausche schon davon.
Der verschlungene Weg durch den Park ist holprig und besteht außerdem aus Sand. Besonders gut komme ich nicht voran, und den neuen Rollen bekommen die kleinen Steinchen auch nicht gerade gut, aber das ist mir ganz egal. Ich will nur eins: zu Motte. Und zwar sofort.

Sie steht mit gespitzten Ohren am Gatter und brummelt mir entgegen, als hätte sie auf mich gewartet. Mein Herz fühlt sich total leicht an, als ich sie sehe.
„Motte!“ Mein Skateboard landet im Gras, der Rucksack fliegt neben einen Brennnesselbusch.
Motte hebt den Kopf und wiehert. Nicht so brummelig wie sonst und gerade eben, sondern richtig pferdemäßig. Ich falle ihr um den Hals und stecke meine Nase in ihre Mähne.

„Ach, Mottchen …“, raune ich ihr zu. „Wie gut du wieder riechst!“

Ich überlege, dass man bestimmt ziemlich reich werden könnte, wenn man diesen besonderen Pferdegeruch in Flaschen abfüllen und als Parfum verkaufen würde. Wieso ist da noch keiner draufgekommen? Es gibt Millionen Pferdemädchen auf der ganzen Welt – vielleicht sogar Milliarden! –, und alle lieben diesen Duft! Das wäre doch eine super Geschäftsidee, oder? Vielleicht sollte ich mich mal mit Jussi darüber unterhalten.

Motte stupst mich an und will gestreichelt werden. Meine neue Geschäftsidee scheint sie nicht besonders zu interessieren.

„Hallo, Lotte!“

Ich drehe mich um. „Hi, Hella!“

„Wunderbarchen, dass du da bist! Ein Mädchen ist krank geworden, und jetzt fehlt mir für die nächste Reitstunde eine Reiterin. Möchtest du einspringen?“

Sie klopft Mottes Hals. Sofort fliegt mir der Staub um die Ohren und in die Nase, und ich muss laut niesen.

„Hapatschi! Ja-haptschi!“

„Fein“, meint Hella. „Dann putz die Süße lieber noch mal über, sonst machst du mir mit deinem Geniese noch die Pferde scheu!“

„Okehehapatschussi!“ Oh Mann … Kann das vielleicht mal aufhören?
Motte scheint mich mit ihren frechen, klugen, dunklen Augen spöttisch zu mustern.
„Lach nicht!“, sage ich zu ihr und niese gleich noch einmal.

Als ich eine halbe Stunde später auf ihrem Rücken sitze, ist die Nieserei vergessen. Ich setze mich im Sattel zurecht, nehme die Zügel auf und reite auf den Hufschlag. Wie hat noch mal Oma Li gesagt? „Wäre alles im Leben so leicht wie Eierschnee, wäre alles in Butter.“ Stimmt. Obwohl – mir fällt noch eine viel bessere Weisheit ein: „Wäre alles im Leben so weich wie ein Pferderücken, wäre erst recht alles in Butter!“
Mottes Rücken ist wirklich weich wie eine Wolke. Oder liegt das daran, dass ich mich so leicht fühle? Am liebsten würde ich mich sanft zurücklehnen, die Augen zuklappen und …
„Erde an Lotte und Motte! Hallo! Träumt ihr schön?“
Hellas lauter Ruf und das Lachen der anderen reißen mich aus meinen Gedanken. Krümel sitzt auf der Bank

hinter der Reitbahnumrandung und kichert wie eine Erbse.

„Ähm, nö", sage ich und setze mich ein bisschen gerader hin. Bin ich etwa rot geworden? Garantiert!

Seit ich regelmäßig Reitstunden nehme, hab ich gute Fortschritte gemacht, hat Hella neulich gesagt. Deshalb darf ich heute mit Motte an der Tete reiten. Echt peinlich, dass ich nicht gemerkt hab, dass sie aus dem Trab in den Schritt gefallen ist. Schnell treibe ich sie wieder vorwärts und passe gut auf, dass mir das nicht noch mal passiert.

Wir reiten viele verschiedene Hufschlagfiguren: Volten, auf dem Zirkel und Schlangenlinien durch die ganze und die halbe Bahn. Danach galoppieren wir. Zuerst einzeln und dann mit der ganzen Abteilung. Es ist ein schönes Gefühl, mit Motte vorneweg zu galoppieren. Am liebsten würde ich mit ihr immer weiter galoppieren. Am allerliebsten bis ans Meer. Aber wie jede Reitstunde hat auch diese einen fiesen Haken: Sie ist viel zu schnell zu Ende.

Ehe ich wenigstens in Gedanken mit Motte über den Strand von Knückerkoog fliegen kann, ruft Hella schon: „Abteilung rechtsum aufmarschieren! Abteilung Haaalt!"

Die Pferde bleiben in der Mitte des Vierecks stehen. Wir

geben ihnen die Zügel lang, loben sie und bedanken uns bei ihnen. Das gehört zu jeder Reitstunde dazu. Erst danach sitzen wir ab. Wir schieben die Steigbügel hoch, lösen die Sattelgurte und nehmen die Zügel über den Pferdekopf nach vorne. Im Gänsemarsch verlassen wir anschließend die Reitbahn.

Motte hat ein bisschen geschwitzt. Sie schubbert ihren Kopf an meiner Schulter und wirft mich fast um.

Nachdem ich sie abgesattelt, abgezäumt, gründlich trockengerieben, übergebürstet und alle vier Hufe ausgekratzt habe, führe ich sie zur Koppel hinter dem Stall.

Motte trottet brav neben mir her. Eigentlich bräuchte sie gar kein Halfter und auch keine Führleine. Sie würde bestimmt nicht weglaufen.

Am Gatter warte ich darauf, dass sie wie immer losprescht, sobald ich die Führleine ausgeklinkt habe, aber Motte bleibt neben mir stehen und sieht mich an. Ihre Augen glänzen. Ich kann mich darin spiegeln.

„Was ist los? Willst du nicht mit den anderen spielen? Oder dich ein bisschen im Dreck wälzen?“ Ich gebe ihr einen kleinen Klaps, aber sie bleibt stehen, als hätten ihre Hufe Wurzeln geschlagen.

Ihre Weidegefährten toben schon längst wild über die Koppel, schnappen nacheinander und jagen sich gegenseitig, bevor sie schließlich Seite an Seite grasen und im Takt mit den Schweifen wedeln.

Motte stützt ihr Kinn auf meine Schulter, prustet ihren Atem in mein Ohr und seufzt. Ich lege meine Hand auf ihre Schulter und spüre ihre Wärme und das leichte Zucken ihres Fells.

Eine ganze Weile bleiben wir so stehen. Wenn Hella uns sehen würde, würde sie garantiert behaupten, wir träumten schon wieder. Aber das tun wir nicht. Wir sagen uns nur, wie lieb wir uns haben. Das geht auch ohne Worte.

„Lottchen!", ruft plötzlich jemand meinen Namen.

Motte spitzt die Ohren und hebt den Kopf. Der Zaubermoment ist vorüber.

Ich schaue in die Richtung, aus der die Stimme gekommen ist. Mama kommt auf uns zu und wedelt mit ihrem Fotohandy.

„Ihr habt gerade so süß ausgesehen!", lächelt sie, als sie bei uns ist. „Das musste ich einfach fotografieren! Bist du fertig?"

„Klar." Mama holt mich ab, um mit mir in die Stadt zu fahren. Ich soll eine Reithose und Stiefel bekommen, damit ich nicht länger in Jeans und Turnschuhen reiten muss.

„Nicht, dass am Ende doch noch so ein rosa-kichriges Pferdemädchen aus mir wird, das den ganzen Tag in polierten Reitstiefeln rumläuft und seinem Lieblingspferd Zöpfchen in die Mähne tüdelt“, sage ich leise zu Motte.

Das einzig coole Pferd schüttelt energisch den Kopf. „Mach dir keine Sorgen“, soll das wohl heißen. „Ich pass auf dich auf!“

Ich bin beruhigt.

Motte stupst mich an und legt mir ihr weiches Maul in die Hand. Es passt perfekt.

Das ist das absolute Pferdeschnauzenglück, denke ich und muss wie verrückt grinsen.

Ganz zart pustet Motte in meine Handfläche. Und dann dreht sie sich endlich um und stürmt mit einem fröhlichen Wiehern davon.

ENDE

CARLSEN
TEILE DEINE LESEFREUDE.
jetzt registrieren und welcome-Present sichern
BUCHSCHWESTERN -
TEILE DEINE LESEFREUDE.
Das neue Leseportal für Mädchen!
Tausch Dich mit anderen aus über deine Lieblingsbücher und über alles, was Dein Herz bewegt!
Erfahre brandheiße Neuigkeiten von Carlotta, Mia, Lara, Conni & Co!
Mach mit bei Aktionen, Gewinnspielen und hol Dir tolle Prämien und jede Menge anderer Extras!
Viel Spaß!
www.buchschwestern.de